# 포 워 더

이호연 장편소설

**이호연 작가**

작가는 호주에서 항공 경영학을 전공한 뒤, 귀국하여 포워딩 업계에 몸담았다. 현장에서 쌓아온 생생한 경험을 바탕으로, 글을 통해 자신만의 이야기를 풀어내고 있다.

첫 소설 『포워더』는 작가의 오랜 업무 경험과 직장 생활 속 에피소드를 바탕으로 완성된 작품이다. 포워딩이라는 낯선 직업 세계를 사실감 있게 묘사하는 동시에, 직장인이라면 누구나 공감할 수 있는 희로애락을 담아냈다.

**포워더 Forwarder**

운송 주선인. 화물 운송에 대한 전반적인 책임 업자.

## 목차

1화. 항공 수출부 이지후                    9

2화. 거품                    17

3화. 하노이 패잔병들의 모임(上)                    25

4화. 하노이 패잔병들의 모임(下)                    33

5화. 부당 지시                    41

6화. 향수병                    51

7화. 인천공항 자유무역단지                    65

8화. 비용 절감                    75

9화. 좌천                    85

10화. 운송 조건(Incoterms)                    99

11화. 프로젝트                    111

12화. 새로운 얼굴                    125

13화. 상도                    137

14화. 연인? 인연                    149

15화. 빌미                    159

16화. 속내                    169

17화. 월권                    183

| | |
|---|---|
| 18화. 객기 | 193 |
| 19화. 그들의 속마음(색깔, 墨) | 205 |
| 20화. Hidden DG | 211 |
| 21화. 자선사업단체 | 219 |
| 22화. 정당 사유 | 229 |
| 23화. 외나무다리 | 247 |
| 24화. 출혈 | 257 |
| 25화. 진흙탕 싸움 | 265 |
| 26화. 페이백 | 277 |
| 작가의 말 | 285 |
| 편집장의 말 | 289 |

포워더(Fowarder)

## 조직도

# KOR인터

- 사장 **채이수**
- 회장 **채진범**
- 전무 **구원만**

### 공항사무소
- 천용복 소장
- 이정수 대리
- 주우영 계장

### 항공수입수출부
- 진을도 차장
- 이지후 과장
- 윤현진 계장

### 영업부
- 공효승 상무
- 민성찬 부장
- 나태섭 부장
- 정숙현 차장
- 장길창 과장

---

# 관련 인물

### FSC 화물 영업부
- 최상진 차장

### 혼재사 서영항공
- 곽원 부장

### 혼재사 우리콘솔
- 남채린 과장

### LCC 정비부
- 김현태 과장

### 대만 파트너사
- 에릭, 제프

## 1화. 항공 수출부 이지후

 월요일 출근길은 일주일 중 가장 심각하게 막히고 붐빈다. 대부분 월요일 아침에 주간 회의를 통해 새로운 한 주를 시작하기 때문에, 평소 출근하지 않던 직원들과 임원진, 운영진까지도 회사로 향하는 날이기 때문이다.

 지난 한 주 동안 이뤄낸 실적과 앞으로의 한 주를 어떻게 풀어나갈 것인지에 대한 보고가 이어지지만, 이 회의의 결말은 언제나 비슷하다.

 "이따위 실적으로 뭘 하겠다는 거야!"

 오늘의 주간 회의도 예외는 아니었다. 갑작스러운 호통에 사무실 안의 공기는 순식간에 무겁게 가라앉았다. 회의실 안에는 회장, 사장, 임원, 그리고 각 팀 팀장이 자리하고 있었고, 회장의 호통 소리는 회의실 밖까지 적나라하게 울려 퍼졌다.

　무거운 분위기 때문에 회의실 밖에서 거래처와 통화하던 직원의 목소리마저도 조심스레 작아졌다. 직원들은 회의실에서 들려오는 호통 소리를 들으며 각자의 업무를 준비했다. 월요일이 가장 분주한 팀도 있었고, 상대적으로 여유로운 팀도 있었다. 그러나 사무실 내 분위기가 가라앉을수록 오히려 바쁜 팀이 부럽게 느껴졌다.

　"이 과장 들어오라 해."

　항공 수출부 과장 이지후. 항공부를 총괄하는 팀장이 따로 있었지만, 그 팀장은 수입 업무만 해왔을 뿐 수출 업무는 전혀 알지 못했다. 그래서 회의 때마다 윗사람들의 질문에 제대로 답하지 못했고, 결국 항공 수출 업무를 거의 도맡아 하던 이지후 과장이 매번 회의실로 불려 들어가곤 했다. 오늘도 역시 인터폰 너머로 들려오는 호출에 모니터를 응시하던 지후의 얼굴이 일그러졌다. 결국 올 것이 왔다는 표정이었다.

　회의실 문을 열고 들어서자, 차가운 눈빛이 그를 향해 날아들었다.

　"항공 수출부 실적이 왜 이 모양이야?"

지후의 얼굴에는 억울함이 스쳤다. 항공부 팀장이 눈앞에 있는데도 실적 저조에 대한 해명을 본인이 해야 하는 상황이 이해되지 않았다. 심지어 팀장마저도 자신에게 해답을 요구하는 눈치였다.

"영업부에서 판매 단가를 너무 낮춰서…"

"핑계 대지 마!"

지후의 말을 끊으며 영업부 팀장이 소리를 질렀다. 망연자실한 표정의 지후에게 임원들의 질타가 쏟아졌다. 사실 항공 수출부의 업무량은 가혹할 정도였다. 타박보다는 격려가 필요할 만큼 많은 일을 처리하고 있었고, 지후와 수출부 팀원들은 그만큼 매일 야근을 해야만 했다.

"이 과장, 요즘 영업사원들 화주 영업이 얼마나 어려운지 잘 알잖아. 영업사원은 나가서 어떻게든 일을 따와야 하고, 그 일을 수익성 있게 만들어야 하는 건 이 과장의 몫이야. 지금 실적을 보면, 이 과장은 제대로 일을 하고 있지 않다는 거야."

화주, 즉 화물의 주인이다. 대한민국이 수출로 먹고사는 나라라 해도 화주의 수는 한정적이고, 포워딩 업체는 계속해서 늘어나고 있다. 그 결과, 과도한 경쟁 속에서 포워딩 영업사원들은 판매 단가를 낮출 수밖에 없었다. 서비스의 품질, 업무 처리 속도, 고객 응대의 질적 수준은 이미 거의 모든 회사가 평준화되었다. 결국 가격 경쟁이 유일한 차별화 요소가 되었다. 그 마지막 수단인 가격 경쟁은 결국 자멸을 부르는 행위였다. 영업사원은 일을 따내기 위해 피를 흘렸고, 그 과다 출혈을 얼마나 오랫동안 견딜 수 있는지가 관건이었다. 지후도 이러한 시장 상황을 모르는 것은 아니었지만, 자신의 업무 능력 부족으로 실적이 저조하다는 비난은 받아들이기 어려웠다. 자신뿐만 아니라 열심히 일하는 팀원들의 노력마저도 매도되는 기분에 견딜 수가 없었다.

길고도 힘겨운 주간 회의가 끝나자마자, 지후는 곧장 화장실로 향했다. 세면대에 찬물을 틀어 연신 세수했지만, 속에서 끓어오르는 분노를 가라앉히기에는 역부족이었다. 팀원들도 회의실에서 무슨 일이 있었는지 대략 짐작하고 있었기에 한동안 그를 찾지 않았다. 하지만 눈치 없는 항공부 팀장이 그를 찾아 화장실로 들어왔다.

"뭐, 그깟 일 가지고 여기서 혼자 열 내고 있어?"

이 상황을 만든 장본인의 한마디에 세면대를 붙잡고 있던 지후의 손이 부르르 떨렸다. 당장이라도 한마디 쏘아붙이고 싶었지만, 얼굴을 세면대에 묻고 아무런 대꾸도 하지 않았다.

  항공부 팀장은 진을도 차장, 올해로 차장 11년 차다. 이 업계에서만 거의 20년 가까이 일해왔지만, 그는 입사 이후 줄곧 항공 수입 업무만 담당해 왔다. 항공 수입 업무에 있어서는 능숙하다는 평가를 받지만, 그가 항공부 팀장으로서 약점을 가지게 된 이유도 바로 그 점이었다. 임원진은 그에게 타 업무를 배우라고 권했지만, 그는 그때마다 잠시 배우는 척만 했을 뿐 실제로는 관심을 두지 않았다. 현실에 안주하고 모험하지 않으려는 그의 태도는 여러 사람에게 답답함을 안겨주었다. 그와 비슷한 시기에 입사한 사람들은 대부분 이미 부장이라는 직급을 달고 있었으며, 이사나 상무로 승진해 임원이 된 사람도 있었다.

  '만년 차장', 이 말은 항상 그를 따라다니는 꼬리표였다. 진을도 차장이 계속해서 차장 자리에 머물러 있는 탓에 다른 직원들의 진급도 누락 되었다. 물론 그가 원한 것은 아니었지만, 그 스스로가 유리천장이 되어버렸다. 올해 초, 진급자 발표 당시 지후도 내심 진급을 기대하고 있었다. 그 기대는 이번에도 수포가 되었다. 일부 임원은 진을도 차장을 신경 쓰지 말고 올라갈 사람은 승진시켜야 한다고 주장했지만, 보수적인 임원들의 반대에 부딪혀 올해도 진급자는 나오지 않았다. 이에 대한 불만이 사내 곳곳에서 터져 나왔고, 진급 누락을 이해하지 못한 일부 직원은 퇴사를 결심하기도 했다.

그중에서도 진을도 차장 본인이 가장 진급에 대한 열망이 컸다. 그는 매번 임원들의 눈 밖에 나지 않기 위해 비위를 맞추기에 바빴다. 이는 회사 내 모든 직원이 알고 있는 사실이었다. 아마도 주간 회의 시간에 대답하기 껄끄러운 문제나 회장과 사장의 질책이 예상되는 사안에 대해 회피하고, 모든 책임을 아래 직원들에게 떠넘기는 것도 그 이유였다.

"차장님도 항공사 미팅 좀 하시죠?"

자리로 돌아오는 길에 지후가 진을도 차장에게 쏘아붙였다.

"팀장도 아닌 과장 나부랭이가 맨날 혼자서 항공사 미팅하고, 접대하고, 가격 협상까지 다 해요. 제 능력은 여기까지인 것 같으니 이제 차장님이 직접 하시죠. 제가 팀장은 아니잖아요?"

"너 이 새끼, 말 그렇게 싸가지 없이 할 거야?"

사무실 안에 다시 한번 고성이 울렸다. 이번엔 진을도 차장이 아닌 영업부의 민성찬 부장이었다. 까무잡잡한 피부에 덩치가 큰 민성찬 부장이 자리에서 일어나 굵고 거친 목소리로 지후에게 소리를 질렀다. 사무실 분위기가 무겁게 가라앉았다.

"야, 내가 빙다리 핫바지로 보여? 여기 너보다 상사가 몇 명이나 있는데 말을 그따위로 해!"

"죄송합니다, 부장님. 주의하겠습니다. 죄송합니다, 차장님."

아직 하지 못한 말들이 속에서 부글부글 끓어오르고 있었지만, 지후는 서둘러 죄송하다며 사과했다. 성찬도 더는 뭐라 하지 않고 자리에 앉아 다시 일을 보기 시작했다. 하지만 진을도는 여전히 아무 말이 없었다.

[과장님, 너무 신경 쓰지 마세요.]

[저 사람은 또 왜 저래!]

[이 분위기 이거 어쩔? 방금 그건 좀 오버 아님?]

[과장님, 힘내요!]

지후가 자리에 앉자마자 메신저에 메시지가 쏟아져 들어왔다. 대부분이 지후 편을 들어주는 말이었다. 지후는 메신저로 하나하나 답장을 보내고 하루의 업무를 시작했다. 그나마 속에 담아두었던 말을 쏟아내니 조금은 시원한 기분이 들었다.

사무실 안은 한동안 키보드를 두드리는 소리와 마우스 클릭 소리만 가득했다.

## 2화. 거품

　KOR인터는 현재 회장으로 있는 채진범이 직접 설립한 회사로 대기업만큼 크지는 않지만, 업계 내에서는 알아주는 중견 회사였다. 지후는 이곳 KOR인터에 신입사원으로 입사했다. 여객 관련 일을 하고 싶었지만, 항공사에 지원할 기회조차 주어지지 않았다. 항공 관련 지식을 활용하고 싶은 열망이 있었으나 가정 형편이 어려웠던 그는 빨리 취직해 돈을 벌어야 했다. 간절히 원했던 항공사에 지원할 기회를 마냥 기다릴 수 없었던 지후는 그래도 항공 관련 일을 할 수 있음에 불행 중 다행이라 생각하며 맡은 일에 최선을 다했다. 그는 열심히 배우고 업무를 처리하면서 점차 자신감을 얻고 보람도 느끼며 자신만의 노하우를 쌓아갔다. 회사도 그의 노력을 인정했다. 계장과 대리를 거쳐 과장까지의 승진이 가히 초고속으로 이루어졌다. 승진할수록 지후는 더욱 열심히 일하고 더 많은 일을 처리하기 위해 노력했다. 그러나 과장에서 더 이상 진급하지 못하고, 그 기간이 길어졌다. 기다림은 그를 점점 지치게 했다.

주간 회의 이후 부글거리는 마음을 진정시키고 다시 업무에 몰두한 지 얼마 지나지 않아 지후의 넥밴드가 진동하며 울리기 시작했다. 하루 종일 울려대는 전화를 하나하나 손으로 받기에는 업무 효율이 너무 떨어졌기에, 지후는 항상 핸드폰을 블루투스로 연결된 넥밴드로 통화하며 동시에 컴퓨터로 다른 업무를 처리했다. 한 번에 두세 가지 일을 하지 않으면 퇴근은 꿈도 꿀 수 없었다. 책상 위에 있던 지후의 핸드폰 화면에 발신자의 이름이 표시됐다.

[최상진 차장]

국내 최대 FSC*의 화물 영업부 차장이었다.

"안녕하십니까? 차장님, 월요일 아침부터 귀한 전화를 주신다니, 성은이 망극하여 소자 몸 둘 바를 모르겠사옵니다. 어인 일이십니까?"

---

*FSC(Full Service Carrier) : 대형 항공사. 저비용 항공사(LCC)와 대비한 기존 항공사들을 지칭하는 데 사용하는 개념이다. 전통 항공사라고도 한다.

지후는 사극 말투로 장난스럽게 전화를 받았다. 그만큼 두 사람의 관계는 가까웠다.

"이따 오후에 그쪽으로 갈까 하는데, 시간 괜찮은가?"

"오신 김에 진 차장이랑 같이 나갈까요?"

지후는 은근슬쩍 진을도 차장을 미팅에 동석시키려 운을 띄웠다. 상진은 단호히 거절했다.

"내가 이 과장 보러 가지, 그 사람을 뭣 하러 만나! 그냥 둘이 조용히 나와서 커피나 한잔하자고."

매번 쓴소리를 듣는 '팀장도 아닌 팀장' 역할에서 벗어나려는 지후의 의도는 이번에도 빗나갔다. 그는 의자를 살짝 뒤로 젖히며 진 차장의 눈치를 살폈다. 통화 내용을 들은 건지 못 들은 건지, 그는 계속 컴퓨터 화면만 응시하고 있었다. 고개를 저으며 한숨을 내쉰 지후는 상진과의 통화를 끊고 다시 업무에 집중했다.

그날 오후, 점심시간이 끝나고 한바탕 오후 업무의 폭풍이 지나갈 즈음, 지후는 상진을 만났다. 회사에서 조금 떨어진 곳에 있는 카페에 두 사람이 앉았다. 회사 근처에도 카페가 여러 곳 있었지만, 외부에서 거래처 사람과 만나는 것을 곡해하는 사람이 있을 수 있기에 오해를 피하려고 일부러 외부에서 만났다.

"400톤이라며!"

상진은 앉자마자 잔소리를 퍼부었다. 아마도 그 역시 오늘 아침 주간 실적 회의에서 크게 혼이 난 모양이었다. 표정은 여유롭게 미소를 짓고 있었지만, 그의 잔소리는 멈추지 않았다.

"400톤이라고 해서 내가 그룹장들을 얼마나 어렵게 설득하고, 얼마나 어렵게 만들어 준 가격인데, 나를 얼마나 힘들게 하려고 이러는 거야? 한 달에 20톤이 뭐야, 이 과장님! 혹시 나머지는 딴 데로 돌리는 거 아니야?"

"에이, 사람 말을 이렇게 못 믿으시면 어떻게 해요. 제가 시스템에 떠 있는 지난달 선적량 다 보여 드렸잖아요. 요즘 시장이 안 좋아서 물량이 안 나오는 거예요. 조금만 기다려 보세요."

지후는 여유롭게 대꾸했지만, 속은 뒤집히기 직전이었다. KOR인터에서 가장 높은 비중을 차지하는 거래 국가는 베트남, 특히 하노이였다. 공격적인 영업을 위해 하노이에 지사도 열었지만, 회사가 목표한 한 달 물량 400톤에 비해 실제 지난달 진행 물량은 목표의 절반에도 미치지 못했다.

인천공항에서 베트남 하노이로 향하는 화물기는 국적사가 두 곳이고, 여객기로 운송되는 화물도 많았다. 저가 항공사도 최근 화물 운송에 관심을 보이고 있었다. 그 외에도 외국 국적 항공사들이 인천-하노이 구간 화물 운송에 혈안이 된 상황에서, KOR인터는 그들에게 월 400톤이라는 미끼를 던졌다. 이 제안을 부추긴 사람은 바로 구원만 전무였다. 구원만 전무 이야기는 차차 다루기로 하자.

회의 시간에 회사 의도를 전달받고 항공사와 직접 협상해야 했던 지후는 말도 안 된다며 구 전무의 의견에 반대했지만, 감히 과장 주제에 전무에게 대든다는 이유로 질책과 고성을 견뎌야 했다. 결국 항공사에 미끼를 던진 지후는 물량이 드러나며 모든 책임을 떠안게 되었다.

당장 눈앞에 앉아 있는 상진을 어떻게 진정시킬지 고민이 가득했다. 그래도 어떻게든 할 말은 있기 마련이었다.

"아니 까놓고 말해서 제가 맨날 물량 넣어드리면 뭐 해요. 실어 주질 않잖아요. 실어 달라~ 실어 달라고 해도 맨날 예약과에서는 스페이스 없다고 하면서! 제가 어떻게 400톤을 채워요? 20톤도 겨우 받으면서."

갑자기 전세가 역전되었다. 사실에 기반한 반격에 상진은 말을 잇지 못하고 테이블 위에 놓인 아이스 아메리카노를 벌컥벌컥 들이켰다. 굴지의 국내 대기업들이 인건비 절감을 위해 베트남에 제조 공장을 세우고, 하청 기업들도 줄줄이 따라갔다. 하노이로 몰리는 원자재 물량이 엄청났고, 인천에서 하노이로 향하는 항공기는 항상 만석이었다. 전 세계 화물 운송 지역 중 가장 선적이 어려운 곳이 바로 하노이였다. 화물기뿐만 아니라 여객기 스페이스까지 항상 부족한 상황이었다.

그 순간, 지후의 핸드폰이 울렸다. 인천공항 창고의 천용복 소장이었다.

"지금 물건이 계속 들어오는데, 이거 다 예약 들어가 있는 거예요?"

"얼마나 되나요?"

"아직 더 받아 봐야겠지만, 한 10톤은 되겠네요."

예고도 없이 밀려오는 10톤가량의 물량, 긴급 상황이었다. 하지만 지후는 회심의 미소를 지어 보였다.

"10톤이라는데, 받으실래요? 물량 다 어디 갔다면서, 다 해 주신다더니?"

"담배 한 대 피울 시간 있지?"

"두 대 피우셔도 됩니다."

상진의 얼굴이 똥 씹은 표정으로 변했다. 예약과에 확인해 봤자 스페이스를 받을 수 없다는 건 진작 알고 있었기 때문이다. 구박하러 왔다가 오히려 구박받는 상황이었다.

자존심은 상했지만, 상부에 보고할 거리는 생겼다. '우리가 못 받아서 못 함'이라고.

밖으로 나온 상진은 담배에 불을 붙였다. 한 모금 들이마신 담배 맛이 달지 않아 미간을 찌푸렸다.

"이 과장은 여자 안 만나?"

"왜요? 괜찮은 여자 소개해 주시게요?"

"소개는 무슨, 있으면 내가 만나지."

"첫째는 대학 갔고, 둘째는 곧 수능 본다고 하더니 이제 정리 다 하고 제2의 인생 살아보시려는 건가요?"

실없는 농담 몇 마디를 나눈 뒤, 두 사람은 헤어졌다. 멀어지는 상진의 뒷모습이 멀찍감치 사라지자, 지후는 곧장 핸드폰을 들었다.

"형님, 저예요."

"씹톤 지후, 왜 또! 설마 또?"

조금은 느리지만 묵직한 목소리로 욕설이 끊임없이 들려왔다. 그러나 그것이 싫지 않은 지후는 웃음을 지으며 말을 이어갔다. '씹톤 지후'라는 별명도 이 사람이 지어준 것이다. 연락할 때마다 10톤씩 들어온다고 해서 붙여준 별명이었다.

"너 이 새끼, 내가 만나는 날 기필코 모가지를 따버릴 거야. 디테일 찍어놔!"

대한민국에서 가장 오래된 혼재사*, 서영항공의 팀장 곽원 부장. 그는 여러 블록 계약을 운영하면서 가장 힘들다는 미주와 동남아 지역을 도맡아 책임지고 있는 팀장이었다. 이미 이 업계에서는 모르는 사람이 없을 정도로 잔뼈가 굵은 유명 인사였다. 그의 말투는 거칠었지만, 속정 깊은 사람이라 작은 일까지 신경 써주며 많은 도움을 준 사람이었다. 그래서 지후는 일찍이 곽원을 형님이라 부르며 각별히 따랐다.

오늘도 그는 구시렁댔지만, 결국엔 해결해 준다는 대답에 지후는 미소를 지었다.

---

*혼재사는 '항공기가 없는 항공사'라고 불린다. 항공사인데 소유한 비행기가 없다고 하면 이해하기 어려울지 모르겠다. 혼재사 또는 콘솔사라 불리는 이곳은 여러 항공사와 직간접적으로 계약을 맺고 포워딩 업체를 상대로 영업한다. 항공사와는 '블록'이라고 불리는 계약을 체결하기도 하는데, 이 계약은 특정 항공편의 일정 스페이스를 반드시 자신들이 사용한다는 조건이다. 항공사가 승객을 태우지 못하고 항공기를 운항하면 손해가 발생하는 것처럼, 혼재사 또한 블록 계약을 맺고 스페이스를 채우지 못하면 막대한 손해를 본다. 스페이스를 채우면 다행이지만, 그렇지 못하면 항공사에 해당 스페이스에 대한 운임을 지급해야 하기 때문이다. 그렇기에 블록 계약은 양날의 검과 같다.

## 3화. 하노이 패잔병들의 모임(上)

다음 날 아침, 정시 출근 시간보다 한 시간 일찍 지후가 출근 도장을 찍었다. 한 시간이면 꽤 이른 시간이었지만, 이미 채이수 사장과 구원만 전무, 그리고 몇몇 부장들이 자리에 앉아 있었다. 지후가 자리를 돌며 인사를 하려는데 구원만 전무가 손짓으로 지후를 불렀다. 아직 채이수 사장에게 인사하기도 전이었고 가방도 내려놓지 못한 상황이었다.

"너, 인마. 어제 이거 어디다 실었어?"

꾸벅 인사를 하는 지후에게 곧바로 날카로운 음성이 날아왔다. 구원만 전무는 채진범 회장과 오랜 친분을 쌓아오다가, 동종 업계 다른 회사에서 전무로 있던 중 채 회장의 부름을 받아 이곳으로 이직했다. 그의 등장 전부터 회사 내부적으로 도는 구설수가 많아 글로 써 놓으면 책 한 권은 나올 기세였다. 그가 회사에 들어오자, 걱정은 현실이 되었다. 원만은 회사를 자신의 세상으로 만들기 시작했고, 모든 결정을 자신이 주도했다. 그는 사람들을 자신의 편과 아닌 사람으로 철저히 구분했다. 자신의 편은 얼마 되지 않는 당근을 주며 충성을 다하도록 복종시켰다. 반면 충성하지 않는 이에게는 무자비한 채찍질이 가해졌다. 원만은 사직서를 받아낼 때까지 그들을 질리게 괴롭혔다. 그리고 지금 불려 온 이지후 과장은 원만에게 무조건 충성하는 사람이 아니었다. 지후는 그에게 항상 눈엣가시였다. 원만은 이번에 채찍을 내리치기 좋은 꼬투리를 잡은 셈이었다.

"이런 일이 있었으면 나한테 미리 얘기했어야지! 내가 서영항공 사장이랑 얼마나 친한데, 말만 했으면 더 싸게 실었을 거 아니야! 넌 그게 문제야. 네가 제일 잘난 줄 알지. 건방진 놈. 다른 데 훨씬 싸게 실을 수 있는 콘솔사가 넘치고 넘쳤는데! 어디 팀장도 아닌 게 팀장인 척하고 자기 마음대로 결정해? 책임도 못 질 거면서."

원만의 독설을 온몸으로 맞으며 지후는 최대한 다른 생각을 하려 노력했다. 날아오는 모든 말을 다 받아들이면 정신적으로 버텨낼 재간이 없었다.

"다음에는 꼭 미리 말씀드리겠습니다."

힘겹게 입을 열어 머리를 숙인 지후는 전무실에서 나왔다. 그 사이 대부분의 직원이 출근한 상태였고, 전무실 문이 열리자마자 모든 시선이 지후에게로 쏠렸다. 이번에는 채이수 사장이 그를 불렀다. 여전히 가방을 내려놓지 못한 지후는 그냥 뒤로 돌아 퇴근하고 싶은 심정이었다.

"왜 또 저래?"

지후에게 자초지종을 들은 이수는 손으로 머리를 감싸며 한숨을 내쉬었다.

"미안하다, 내가 아직 힘이 없어서."

일개 과장에게 사과하는 사장의 심정이 어떨까. 이수는 속으로 자존심을 종이학 접듯 접었을 것이다.

"이 과장도 알잖아. 저 사람, 회장님이 나 감시하라고 여기 데려다 놓은 거. 내가 나중에 이 과장 고생한 거 꼭 기억하고 보답할게. 조금만 참고 기다려줘."

듣기 좋은 말이었다. 기대를 심어주는 말이었지만, 지후는 2년째 같은 말을 듣고 있었기에 더는 기대할 게 없었다. 오히려 자신이 먼저 지쳐 나가떨어질 것 같은 예감이 들었다. 아침부터 목에 빨대를 꽂아 피를 빨리는 듯한 지후는 자리에 주저앉았다. 남들보다 일찍 출근했지만, 자리에 앉기까지 걸린 시간은 너무 길었고 그 여정은 험난했다. 벌써 9시가 넘었다. 지후는 일과를 서둘러 시작했다.

오전 업무에 한창 열을 올리던 순간, 메신저에 메시지가 깜빡거리며 들어왔다.

[어제 너네 그 10톤 때문에 다른 데 짐 다 내린 거 기억해라!]

서영항공 곽원이었다.

[형님의 하늘 같은 은혜, 제가 평생 기억할게요. 안 그래도 아침에 그거 때문에 겁나게 깨졌습니다.]

지후는 곽원에게 아침에 구 전무에게 들은 이야기를 전했다. 곧이어 곽원의 욕설이 메신저를 통해 쏟아졌다.

[염병, 방금 그래서 나한테 그 가격 얘기한 거고만? 가격은 내가 정하는데 무슨! 더는 못 깎아 준다고 했고, 어제 말했어도 못 깎아줬어. 내가 너한테는 맨날 마이너스 보면서 다 해주고 있는데, 쌍! 다른 데 쓸 거면 쓰라 그래. 그만한 물량 바로 뺄 수 있는 데가 어디 있는 줄 알아? 해줘도 지랄이야.]

맞는 말이었다. 다른 곳은 하루에 1톤도 겨우 빌어서 싣고 있는 판국에, 한 번에 10톤 물량을 처리해 줄 수 있는 곳은 가히 없다고 봐도 무방했다. 그런 물량을 처리해 줬더니 가격을 더 깎으라는 말은 곽원의 자존심을 건드렸다. 그는 단칼에 거절했다.

가격 흥정에 실패하자 불같이 화가 난 구원만은 다시 지후를 호출했다.

"네가 어제 미리 말을 안 해서 가격을 못 깎아 준다잖아. 이거 네가 책임질 거야? 네 월급에서 깔 거냐고!"

사표를 던지고 싶은 마음이 파도처럼 밀려왔다. 이런 대우를 받으려고 그동안 그렇게 열심히 일해왔는지 후회가 들었다. 온갖 비난과 화살을 지후 혼자 다 맞고 있는 상황에서도 꿋꿋하게 자기 할 일만 하는 진을도가 정말로 미웠다. 다른 회사의 총괄이라면 이런 상황에서 어떻게 반응할지 궁금해지기까지 했다.

"일을 하려면 똑바로 하라고! 어디서 팀장도 아닌 놈이."

만신창이가 된 지후가 전무실에서 나오는 모습을 다른 직원들이 안타까운 시선으로 바라보았다. 그중 가장 눈치를 보고 있던 사람은 영업부의 나태섭 부장이었다. 그가 바로 어제 10톤 물량을 맡았던 영업사원이었다.

"그럴 거면 자기가 하지…"

터덜터덜 자리로 돌아오는 지후에게 태섭이 다가와 어

깨를 두드렸다.

"너무 마음 쓰지 마. 원래 저런 사람인 거 이 과장이 잘 알잖아. 나는 어제 그거 한 번에 다 나간 것만 봐도 신기하던데. 어휴."

나태섭 부장은 회사에서 '보살'로 불리는 인물이었다. 어떤 문제가 생기든, 사고가 터지든 화를 내지 않는 사람이었기 때문이다. 한 번은 업무 담당 사원의 실수로 해상으로 수입되는 화물 일정이 틀어져 큰 사고가 터진 적이 있었다. 한국에 도착하는 일정이 너무 늦는 선박 스케줄로 수출지에 컨펌을 주는 바람에 특정 시즌 상품을 시중에 판매할 수 없게 된 상황이 되었다. 컨펌 이유는 단지 그 스케줄이 운송 단가가 저렴해서였다. 상황을 해결하려 백방으로 노력했으나 이미 배에 실려 떠난 컨테이너를 내릴 방법은 없었다. 결국 여름에 팔려던 제품은 가을이 되어 도착했다. 업체는 당연히 난리가 났고, 나태섭은 업체에 찾아가 무릎까지 꿇어야 했다. 그러나 그는 그저 일을 하다 벌어진 하나의 에피소드일 뿐이라며 웃으며 담당 직원을 위로했다. 그럼에도 담당 직원은 자책과 스트레스를 이기지 못하고 사직서를 제출했다.

그런 태섭을 존경하는 직원이 많았다. 언젠가 태섭이 직접 회사를 차렸을 때 그를 따라간 직원들도 적지 않았으나, 그 회사는 얼마 못 가 정리되었고, 그는 다시 KOR인터로 돌아왔다. 항간에는 태섭의 무른 성격 때문이라는 이야기가 있었으나, 채진범 회장의 의도가 있었다는 말도 돌았다. 어디까지나 추측일 뿐, 진실은 나태섭 부장 본인만 알고 있을 터였다.

"근데 어쩌냐? 오늘도 또 10톤이래."

태섭의 말에 지후는 그저 너털웃음을 지었다. 그리고 바로 자리에서 일어나 전무실을 두드렸다. 얼마 뒤 구 전무의 말소리가 들려왔다.

"그거, 1톤씩 10개로 못 자르나? 안 되겠지? 그냥 네가 알아서 해."

구원만 전무는 외근을 나가야 한다며 급히 나가버렸고, 곳곳에서 수군거리는 소리와 함께 태섭과 지후의 허탈한 웃음소리가 터졌다. 지후는 이내 전화를 붙잡았다.

"형님!"

"아, 네가 부르면 매우 심기가 불편하고 불안해, 이 씹톤아!"

"사랑합니다. 형님!"

"하, 이 죽일 놈의 새끼. 디테일 줘봐! 그리고 오늘 네 모

3화. 하노이 패잔병들의 모임(上)

가지 따자. 기분 더러운데 끝나고 넘어와! 소주나 한잔 때리게. 일 빨리 끝내라! 늦으면 죽는다, 진짜!"

곽원은 기분이 더럽다며 욕설을 섞었지만, 지후는 그의 웃음 섞인 목소리가 좋기만 했다.

## 4화. 하노이 패잔병들의 모임(下)

곽원과의 저녁 약속을 잡은 뒤, 점심시간을 지나 오후 업무를 한창 하고 있을 때였다.

[옥상 콜?]

지후의 메신저가 깜빡거렸다. 채린이었다.

[완전 콜]

잠시 자리를 비운다고 아래 직원에게 이야기한 뒤, 지후는 옥상으로 향했다. 답답했던 사무실에서 탈출해 도착한 사방이 뚫린 옥상은 너무도 시원했다. 건물 옥상에서 보면 한강이 지척이었다. 겨울이면 한강에서 불어오는 바람이 차가웠지만, 지금 불어오는 바람은 시원하여 가슴을 뚫어주는 기분이었다. 옥상에 마련된 휴식 공간에는 업무 중 잠시 한숨 돌리고 있는 몇몇 사람이 있었다.

"아, 그냥 사 먹지! 맨날 나보고 타 오라 그래!"

잠시 후, 툴툴거리는 소리와 함께 채린이 옥상으로 올라왔다. 바람에 채린의 긴 머리가 살며시 흩날렸다. 단정한 정장 차림의 채린의 모습은 커리어우먼의 정석이라 할 만큼 군더더기 없이 깔끔했다.

우리콘솔 과장 남채린은 서영항공과 같은 종류의 혼재사에서 근무하는 직원으로, 지후와는 동갑내기 친구였다. 입사 연도는 몇 년 빠른 선배 과장이었지만, 두 사람은 터울 없는 사이였다. 채린의 회사 역시 지후와 같은 건물에 있었기에 가끔 시간이 날 때마다 둘은 옥상에서 커피를 마시며 쉬는 시간을 가졌다.

채린이 건넨 커피를 받은 지후는 천천히 한 모금 홀짝였다.

"역시, 네가 타 준 커피가 제일 맛있어."

"다음에는 내가 사 줄게."

"아, 싫어. 이게 제일 맛있다니까?"

"내가 네 커피 심부름까지 하게 생겼냐? 그리고 난 얼죽아라고. 이런 뜨거운 믹스 커피가 아니고!"

짧은 한숨을 내쉬며 채린이 주머니에서 담배를 꺼냈다.

"좀 끊으라니까."

지후의 타박에도 채린은 아랑곳하지 않고 담배에 불을 붙였다. 흰 연기가 길게 꼬리를 물며 뿜어져 나왔다.

"이것도 못 하면 무슨 재미로 살아?"

지후 역시 가끔 육체적으로나 정신적으로 힘들 때면 담배 냄새가 달콤하게 느껴지기도 했다. 그는 흡연을 해본 적은 없었지만, 담배를 피우는 사람들의 기분을 이해할 것도 같았다.

"저녁에 원이 형 만나기로 했어. 너도 같이 갈래?"

"남자들끼리 만나는 거 아니야?"

"응, 그래서?"

검지와 중지에 담배를 끼운 채린이 고개를 돌려 지후를 빤히 쳐다봤다. 지후도 고개를 돌려 채린을 바라보았다. 고개를 갸우뚱하며 채린이 손가락으로 자신의 옷을 가리켰다.

"나, 지금 치마 입은 거 안 보여?"

"가끔 네가 왜 치마를 입고 있나 궁금하긴 했어."

"이지후, 네가 오늘 이 형한테 죽고 싶구나?"

채린은 손에 들고 있던 담배를 문질러 끄고는 폴짝 뛰어올라 팔을 지후의 목에 휘감았다. 잠시 휘청거리던 지후가 허리를 세우자 채린의 몸이 힘없이 따라와 지후의 가슴에 얼굴을 부딪쳤다.

"조심해, 넘어지면 어떻게 하려고."

채린이 얼굴을 떼자마자, 갑자기 자지러지듯 웃기 시작했다. 지후는 그런 채린을 멍하니 바라보았다.

"어떡하지, 이거? 모양 예쁘게 나왔는데?"

핸드폰을 꺼내 사진까지 찍는 채린의 시선을 따라 지후도 시선을 내렸다. 그 순간 기겁하는 지후를 보며 채린은 다시 까무러치게 웃었다. 채린의 입술 자국이 지후의 와이셔츠에 선명하게 찍혀 있었다.

한동안 웃고, 사진까지 찍었음에도 채린의 팔은 여전히 지후에게 감겨 있었다. 두 사람 사이는 여전히 가까웠다.

"음, 향기 좋다. 내가 사 준 건가?"

"응, 이 향이 제일 좋더라."

채린은 지후에게서 풍겨오는 향수 냄새를 흡족한 표정으로 들이마셨다. 그리고 지후의 와이셔츠에 찍힌 입술 자국을 가리키며 말했다.

"입술 모양 진짜 잘 나오지 않았어? 립스틱 색깔 진짜 마음에 들었는데, 네가 사 준 립스틱 거의 다 썼어."

"또 사 줄게. 말만 해."

"진짜지? 약속했어! 너 근데, 저녁에 원이 형 만난다며 이거 어떡하지? 안 지워질 텐데."

"재킷 계속 입고 있으면 되지. 채린이 네가 드디어 정체성을 찾아가는구나. 원이 형, 그래 그렇지"

"내가 너를 담배 말고 병풍 뒤에서 향냄새 맡게 해 주겠어!"

채린은 다시 지후의 목에 감긴 팔에 힘을 주었다. 지후는 웃으며 못 이기는 척 채린에게 당해주며 잠깐의 꿀 같은 휴식 시간을 보냈다.

■■■■

"안 덥냐? 재킷 좀 벗어라, 인마. 보는 내가 더워. 그렇게 늦지 말라니까, 제일 늦게 기어 오고. 아, 좀 벗으라고!"

곽원의 타박이 지후에게 쏟아졌다. 화곡동 인근의 한 닭갈비 식당에서 지후는 곽원을 만났다. 최대한 늦지 않으려 서둘러 일을 정리했으나, 문제의 10톤 화물이 결국 일을 쳤다.

"서류가 안 나오는데 어떻게 해요. 자, 자, 한잔 짠!"

"후래자 삼배*야, 이 자식아."

늦게 온 지후에게 곽원은 벌써 붉게 물든 얼굴로 맥주잔에 소주 3잔을 채워 넣었다.

"자, 들이켜!"

이미 익숙한 상황이었기에 지후는 아무 말 없이 맥주잔에 담긴 소주를 단번에 들이켰다. 자리에는 곽원 외에도 두 명이 더 있었다. 지후는 처음 만난 사람들이었지만, 그들의 이름은 이미 익히 알고 있었다.

모두 각기 다른 혼재사에서 일하는 사람들이었지만, 지금만큼은 경쟁자가 아닌 동종 업계 동지들이었다.

"따지고 보면 다 경쟁자 새끼들인데, 그런 거 따지면 누굴 만나고 무슨 재미로 이 전쟁 같은 일을 하고 살겠냐. 안 그래? 죽어라 싫어도 실적 안 나온다고 깨져, 이 자식 거는 내가 우리 거 다 내리고 실어 줬더니 가격 깎으라고 지랄, 니들은 뭐야!"

"그러면 우리 딱 그거네요. 하노이 패잔병들의 모임."

"맞네, 패잔병들! 마셔라, 이 패잔병들아."

네 사람의 잔이 한바탕 부딪쳤다.

밤이 늦지 않았지만, 이미 많은 술이 들어갔다. 사람들

*후래자 삼배 : 술자리에서 뒤늦게 온 사람이 먼저 온 사람들과 술 페이스를 맞추기 위해 연거푸 석 잔을 마셔야 한다는 출처 불분명의 술자리 규칙이다.

로 가득한 식당 내부는 닭갈비를 볶아대는 열기로 가득했다. 지후는 이대로 가다가는 술 때문이 아니라 열기에 질식할 것만 같았다.

"너 인마, 이제 그 재킷 좀 벗어. 땀을 이렇게 흘리면서 안에 뭐 들었냐?"

"아이 씨! 몰라요! 놀리거나 뭐라고 하지 마세요."

더운 열기에 지친 지후는 결국 재킷을 벗어버렸다. 그러자 약 3초간의 정적이 흘렀다. 세 사람은 의아한 표정을 짓더니 동시에 웃음을 터뜨렸다.

"아이 새끼, 어디서 무슨 짓을 하고 다니는 거야!"

"내가 그래서 놀리지 말라고 했잖아요."

너무도 선명한 분홍 입술 자국만큼이나 지후의 얼굴도 빨갛게 물들었다. 창피한 마음도 있었지만, 마냥 싫지는 않았다.

테이블 위에 남은 술을 다 비우고는, 곽원은 2차로 가기 위해 일어섰다.

"지후 너, 재킷 입지 말고 그냥 가!"

"나도 이제 몰라요!"

2차로 간 맥줏집에서는 내기 다트가 벌어졌다. 하지만 모두 취기가 오른 상태에서 던지는 다트는 과녁에 제대로 맞을 리 없었다. 내기로 걸어놓은 만 원짜리 지폐만 제자리를 찾지 못하고 옮겨 다닐 뿐이었다.

술기운이 오른 곽원이 지후에게 말했다.

"너, 쟤들한테 짐 줬어, 안 줬어?"

"형님! 저를 뭘 보고!"

술에 취해 꼬부라진 말투로 지후가 대답했다.

"나는! 형님만 있으면 돼. 다 필요 없고! 형님만 있으면 된다고요."

"이 새끼, 완전히 취했네. 알았어, 인마."

자기 손을 꼭 붙잡고 술주정을 떠는 지후가 미워 보이지 않았다. 그렇게 한참 동안 형님을 부르짖는 지후의 술주정을 끝으로 술자리는 마무리되었다.

전날 늦은 시간까지 술을 마셨지만, 다음 날 아침에는 모두 정상적으로 출근을 완료했다. 전날의 숙취는 잊은 듯, 각자의 자리에서 치열한 삶은 오늘도 다시 시작됐다.

## 5화. 부당 지시

 이제 막 출근 시간이 지나 업무가 시작된 지 얼마 되지 않은 시간이었지만, 사무실은 이미 분주했다. 여기저기서 울려대는 전화벨 소리는 신경을 자극했고, 문서를 출력하는 프린터는 쉴 새 없이 돌아가고 있었다. 처리해야 할 업무를 지시하는 사람들의 목소리는 점차 높아졌고, 업무의 속도는 점점 빨라졌다.
 한 주의 마지막 날인 금요일, 어느 부서든 일이 몰리는 날이었다. 주말이 오기 전, 화주들은 물량을 뽑아내기 위해 분주했고, 포워더들은 그 물량을 선적하기 위해 스페이스 확보에 안간힘을 쏟았다. 전화기와 메신저가 쉴 새 없이 울려댔다.

"자기야, 지금 나한테 이러기야?"

컴퓨터 화면을 응시하며 키보드를 두드리고 있는 지후는 넥밴드를 사용해 통화를 하고 있었다. 이럴 때면 지후 주변 사람들은 그가 누구와 말하고 있는지 헷갈려, 통화 소리에 대답할 때도 있었다.

"왜 이러긴! 알면서 왜 물어? 대만 이거 어떻게 할 거냐고!"

"과장님도 잘 알면서 그러세요."

이어폰 너머로 조금 높은 톤인 여자의 목소리가 들려왔다.

"몰라! 내가 어떻게 알아? 내가 아는 건 다른 데도 이 정도는 다 해 준다는 거야. 자기가 나한테 이러면 서운하지! 내가 이런 대접 받자고 물량 다 몰아주는 거 아니잖아?"

"알았어요. 맞춰 놓을게요. 또 경위서 써야겠네요. 나 이러다가 잘리면 책임져요!"

"책임질 일 생기면 말해! 역시 자기밖에 없어!"

통화 내용을 듣고 있던 윤현진 계장이 눈을 동그랗게 뜨고 지후를 바라보았다.

"누구예요?"

"나라콘솔 심 대리."

"두 분 엄청 친하신가 봐요."

"친한가? 뭐, 그런 것 같네. 근데 얼굴도 몰라. 한 번도 본 적 없어."

매일 일하는 거래처 관계자들이었지만, 대부분 전화와 메신저로만 소통할 뿐 실제로 얼굴을 본 적은 없는 사이가 많았다. 가끔 식사 자리를 갖게 되면, 전화에서 들려오던 목소리와 외모가 매치 되지 않아 당황하는 때도 많았다. 동종 업계의 동병상련이라 할까. 포워딩과 혼재사 사이에는 알 수 없는 끈끈한 정이 있었다. 이는 서로 어려울 때 돕고, 유대감을 쌓아가며 일종의 파트너처럼 일하는 관계였다.

지후와 나라콘솔의 심 대리와도 그런 사이였다. 얼굴 한 번 보지 못했지만, 각자의 필요를 채워가며 상부상조하는 관계였다. 둘 중 하나라도 이 업계를 떠난다면 다시는 만날 일이 없을 사이겠지만, 지금만큼은 서로 한 팀이라 할 수 있었다. 이 업계의 생리를 누구보다 잘 아는 두 사람은, 남녀 관계로 발전할 가능성도 있지만, 오히려 서로를 너무 잘 알아 힘든 관계가 될 가능성도 높았다. 지금의 이들은 연인도 뭐도 아닌, 그저 가격과 스페이스 경쟁에서 유리한 고지를 차지하기 위해 각자의 목적을 가진 업무상 만난 사이일 뿐이었다.

"윤 계장! 혹시 운전면허 있나?"

다시 한창 업무에 집중하던 그때, 전무실이 열리며 원만의 목소리가 들려왔다. 전무의 호출에 황급히 뛰어간 현진이 잠시 후 난처한 표정으로 지후에게 다가왔다.

"이따가 전무님 손님이 오시는데, 오시면 주차를 대신하라 하시네요."

"뭐?"

이제는 하다 하다 대리주차까지 직원을 동원하는 구 전무였다. 따르지 않아도 되는 지시였지만, 전무라는 권력 앞에서 계장이라는 나약한 직급은 그저 순순히 따를 수밖에 없었다.

현진은 잠시 후 주차를 위해 사무실을 나갔다. 손님이라는 사람은 회사와는 무관한, 그저 원만의 개인적인 손님이었다. 사장이기는 했지만, 실질적으로 KOR인터와 거래처 관계가 있는 인물은 아니었다.

회사의 주차장은 이미 다른 차들로 가득했고, 회사 주변 노상에도 주차 공간을 찾기란 쉽지 않았다. 오랜 시간을 헤맸는지, 거의 1시간 가까이 자리에 돌아오지 못한 현진은 얼굴이 잔뜩 상기된 채 자리에 앉았다. 금요일처럼 점심시간도 쪼개고, 화장실 가는 횟수도 줄여야 하는 바쁜 날에 1시간을 비우는 것은 큰 타격이었다. 그 시간 동안 밀린 일은 결국 업무 실수를 초래할 수 있었고, 경우에 따라선 늦어지는 일 처리 때문에 컴플레인까지 받을 수 있었다. 그리고 무엇보다 퇴근 시간이 늦어졌다.

현진이 비운 자리를 대신 봐주던 지후의 마음도 조급하기는 마찬가지였다. 밀려드는 전화를 대신 받는 것도 한계가 있었고, 본인의 핸드폰도 쉴 새 없이 울려댔다. 항공수출부 전원이 신경이 곤두서 있는 상태였고, 누가 봐도 수출부가 바쁜 상황이었음에도, 진을도 차장은 여전히 자신의 수입 일만 느긋하게 처리하고 있었다. 수출부 업무를 돕는 것은 기대조차 하지 않았지만, 현진이 하지 않아도 될 일을 그가 막아줄 수 있지 않았을까 하는 생각이 지후 마음속에 가득했다.

자리에 앉은 현진이 길게 한숨을 내쉬자, 원만의 목소리가 들렸다.

"윤 계장, 뭐 문제 있나?"

"아닙니다."

얼마 후, 자신의 손님이 떠난 뒤 원만은 현진을 불렀다.

"문제가 없는 얼굴이 아닌데? 말해봐, 뭐가 문제인지."

"아닙니다. 문제없습니다."

현진의 낯빛은 어두워졌다. 이미 한차례 업무가 밀린 상황에 또다시 원만에게 붙잡혀 시간만 허비하고 있었다. 그러나 원만은 현진의 상황은 안중에도 없고, 그저 꼬투리를 잡은 것에 만족하는 듯 계속해서 추궁했다.

"이 과장 들어 오라 그래."

"예?"

당황한 현진을 손짓으로 나가게 하고, 원만은 지후를 부르라고 지시했다. 결국 지후는 아무런 표정 변화 없이 그의 방으로 들어갔다.

사무실은 다시 한번 술렁였다.

"진 차장이 중간에서 어떻게 좀 해야 하는 거 아니야?"

태섭이 을도에게 다가가 상황을 중재해 주기를 바라는 마음으로 말을 걸었으나, 그는 묵묵부답이었다.

"이러다 이지후가 사표라도 던지면, 진 차장만 힘들어질 텐데."

"내가 가서 말한다고 들을 분인가요?"

묵묵히 있던 을도가 귀찮은 듯 기운 없이 대답했다. 그 대답에 태섭은 더 이상 할 말이 없었다. 속에서 올라오는 말을 꾹 참으며 자리에 앉아 상황을 지켜봤다. 전무실에서는 점점 목소리가 높아졌다.

"일이 바쁘냐고 물어보잖아."

"금요일이라 처리해야 할 일이 많습니다."

지후는 감정을 누르느라 차분하게 대답하려 애썼지만, 원만은 그 답이 마음에 들지 않았다.

"실적이 이 모양인데 바빠? 네가 이따위로 하니까 팀원들도 그 모양이지. 네가 팀 관리를 똑바로 안 한다는 게 다 티가 나는 거야. 네가 항공수출부 팀장이라면서 제대로 하는 게 뭐가 있어?"

이렇게 추궁할 때만 팀장이라 부르는 원만의 말에 지후는 더 이상 할 말을 잃었다.

"죄송합니다."

"아니, 뭐가 죄송한데?"

상황을 빨리 처리하려 한 말이 또다시 꼬투리가 되었다. 그 후에도 한참 동안 원만의 질타를 들어야 했던 지후는 지친 얼굴로 방에서 나왔다.

그사이 밀린 일거리를 처리하기 위해 지후는 점심도 거른 채 일을 해야 했다. 당연히 칼퇴근은 물 건너갔고, 현진과 함께 야근해야 했다. 현진은 지후가 야근하는 것이 자신 때문이라는 생각에 미안한 마음이 가득했다.

"신경 쓰지 마. 야근, 하루 이틀이냐?"

밤 10시가 다 되어 회사를 나섰다. 거리는 이미 금요일 밤을 만끽하는 사람들로 가득했다. 길거리에선 비틀거리는 취객들, 포장마차에서 들려오는 왁자지껄한 소리, 웃으며 팔짱을 낀 연인들이 있었다. 그 풍경 속에서 지후는 자신만 홀로 동떨어진 세상에 있는 듯한 기분을 느꼈다.

적적한 마음에 누군가와 통화라도 할까 싶어 연락처를 뒤져봤지만, 누구에게도 연락할 수 없었다. 하루 종일 울려대던 핸드폰이, 지금은 무용지물처럼 느껴졌다. 필요에 의한 관계들. 연락처에 저장된 수많은 사람 중, 정작 의지할 수 있는 사람은 없었다. 각자의 필요가 없어지면, 아쉬움 없이 잊히고 마는 관계들. 지후는 자신이 살아온 시간이 갑자기 부질없게 느껴졌다. 몇몇 관계는 일을 그만둬도 지속되길 바랐지만, 그 또한 자신의 착각일지 두렵기도 했다.

끊임없이 올라가던 연락처 중, 문득 스쳐 지나간 채린의 이름에 지후는 잠시 멈칫했다. 통화 버튼 위에서 떨리던 지후의 손가락은 결국 핸드폰 전원 버튼을 짧게 눌러 화면을 꺼버렸다.

편의점에서 맥주 두 캔을 사서 비닐봉지에 담았다. 집으로 향하는 지후의 얼굴에는 아무런 표정도 없었다. 무거운 발걸음에 비닐봉지가 바지에 스칠 때마다 사르륵거리는 소리만 들릴 뿐이었다.

이미 한밤중인 시간, 불빛 하나 없는 방 한 칸짜리 집에 문이 열리며 현관 불이 켜졌다. TV도, 소파도 없는 거실엔 조그만 테이블 하나만 덩그러니 놓여 있었다. 집에서는 음식을 해 먹을 일이 없어 거실 옆에 붙어 있는 조그만 부엌의 싱크대에는 물이 흘렀던 흔적조차 없었다. 지후는 샤워한 뒤 편한 옷으로 갈아입고 거실 바닥에 앉았다.

숨이 막힐 듯 무겁게 내려앉은 정적 속에서, 그는 취하고 싶었으나 술을 마셔도 취하지 않았다. 술을 더 살지 고민했지만, 헛된 곳에 돈을 쓰는 것이 스스로 용납되지 않았다. 내일은 하루 종일 아무것도 하지 않고 잠만 자겠다고 다짐하며, 지후는 억지로 잠을 청했다.

아침이라 하기엔 이른 시간, 핸드폰 진동 소리에 지후는 잠에서 깼다.

[이번 주는 안 내려오니?]

지방에 살고 있는 아버지에게서 온 문자였다. 깊은 잠을 이루지 못했던 지후는 그 짧은 진동 소리에 눈을 떴다.

[네, 일이 많아서 못 내려갔어요.]

[그래, 알았다. 엄마한테 가끔 연락 좀 하렴.]

지후는 더 이상 답을 하지 않았다. 가슴에 무거운 돌이 올려져 있는 듯 답답했다. 다시 잠을 자려고 이불을 뒤집어썼지만, 잠은 오지 않았다. 머리가 지끈거렸고, 일어날 기운이 하나도 없었다. 천장을 멍하니 바라보며 지후는 깊은 한숨을 내쉬었다.

## 6화. 향수병

　호주 시드니의 한 동네에 자리 잡은 제법 큰 규모의 창고 단지에서, 지후는 차트를 들고 생수통의 재고, 출고된 수량, 매출 등을 체크하고 있었다. 막 배송을 마치고 돌아온 트럭들이 어지럽게 내려놓은 생수병들을 지후가 지게차를 능숙하게 몰며 한쪽에 정리하고 있었다.
　"지후!"
　짧은 머리에 근육질의 중년 남자가 지후에게 손을 흔들며 다가왔다. 지후가 일하고 있는 생수 회사의 사장, 아놀드였다.
　"학교 졸업하면 어떻게 할 거야? 한국으로 돌아가나?"
　"아니요. 여기서 풀타임 일자리 찾아봐야죠."

호주에서 대학 생활을 하던 지후는 수업이 없는 날이면 이곳 생수 회사에서 시간제로 일했다. 출근 일수에 따라 주급을 받는 형식이었고, 그는 더 많은 일을 하기 위해 학교 수업을 아침부터 저녁까지 몰아서 듣는 살인적인 일정을 소화하고 있었다. 덕분에 일주일 중 3일은 일할 수 있었고, 받는 주급도 나쁘지 않았다.

하루 종일 일하고 학교에 가고, 과제까지 해내려면 잠자는 시간을 줄일 수밖에 없었다. 지후는 3년 동안 하루에 2시간씩 자며 버텼다. 그렇게까지 해야 했던 이유는, 부모님에게 손을 벌리는 것이 죽기보다 싫었기 때문이다. 또한, 하루라도 빨리 호주에서 자리를 잡고 싶었다.

"그럼 졸업하고 계속 같이 일하는 건 어때? 풀타임으로."

지후의 얼굴이 한껏 밝아졌다. 이곳에서 일을 하면서 경험해 보지 못한 많은 것을 경험할 수 있었다. 일이 아니었으면 가보지 못했을 호주의 예쁜 다양한 마을과 사람들… 물론 마냥 좋기만 했던 것은 아니었다. 지후는 때로는 인종차별을 당하기도 했고, 검은 머리가 왜 자기 집에 발을 들이냐는 말도 들었다. 아놀드 역시 처음에는 동양인을 그렇게 좋아하진 않았다. 하지만 지금의 아놀드는 지후 특유의 성실함을 인정하고 지후가 회사에 남아주기를 바라고 있었다.

"물론이죠. 할게요!"

지후의 대답에 아놀드의 표정도 밝아졌다.

"지후, 네 차는 아직도 잘 굴러가?"

마침, 정리를 마치고 퇴근하려던 지후를 보며 아놀드가 손가락으로 그의 차를 가리켰다. 지후의 차는 출고된 지 20년이 넘은 오래된 차였다. 한국 같았으면 이미 폐차되었을 차였지만, 지후는 이 낡은 차를 스스로 보수하며 타고 다녔다. 돈이 없어서였지만, 스스로 해보고 싶다는 호기심도 있었다. 그러나 비전문가의 손으로 한 작업이라 칠이 매끄럽지 못했고, 얼룩덜룩한 모습이었지만 지후는 만족하며 타고 다녔다.

호주에서 차가 있느냐 없느냐는 큰 차이가 있었다. 차가 있으면 할 수 있는 일이 많아졌고, 그에 따른 보수도 상당했다. 그래서 지후는 허리띠를 바짝 졸라매고, 겨우 100만 원 남짓한 돈으로 지금의 차를 마련했다. 비록 낡고 달그락거리는 차였지만, 지후 인생에서 첫 차였다. 그때의 감격은 이루 말할 수 없었다. 그리고 이 차 덕분에 생수 회사에서 일할 수 있게 되었다. 지후가 이 차에 애정을 가질 수밖에 없는 이유였다. 비록 시속 100km만 넘겨도 핸들이 심하게 떨렸고, 언덕을 내려가다 브레이크가 고장 나 차를 겨우 세운 적도 있었다. 언덕을 올라가다 배기통이 떨어져 나갔고, 지후는 당황한 나머지 맨손으로 뜨거운 배기통을 집어 들다 손에 큰 화상을 입을 뻔한 적도 있었다. 하버 브리지 한가운데에서 냉각수가 다 새어 차가 멈춘 날도 있었다. 그래도 이 차는 언제나 지후와 함께였다.

일을 마치고 집으로 돌아온 지후는 냉장고에서 맥주를 한 병 꺼내어 소파에 몸을 던졌다. 일을 마친 후 마시는 맥주는 그 어느 때보다 시원하고 맛있었다. 지금 사는 이 집은 지후가 호주에서 생활한 지 5년 차에 마련한 곳이다. 비록 월세였지만, 지난 5년 동안 이곳저곳을 전전하며 지냈던 것에 비하면 천국과 다름없었다. 방이 두 개 있는 아파트였지만, 지후는 거실에서 생활했다. 방은 근처 대학에 다니는 학생들에게 일정 비용을 받고 임대를 내줬다. 개인적인 공간 없이 거실에서 생활하는 건 불편했지만, 집에서는 주로 잠을 자고 과제를 하는 일 외에는 생활하지 않았기에 그 정도의 불편은 감수할 만했다.

"형, 오늘 밤에 바비큐 파티하는데 형도 와요."

대학교 동생에게서 온 연락이었다. 지후보다 몇 살 어린이 동생은 한국계 호주인으로, 지후가 처음 대학교에 입학했을 때부터 함께 지내 온 친구였다. 그는 학교 적응에 힘들어하던 지후에게 먼저 말을 걸어주며 많은 도움을 줬던 고마운 친구였다. 혼자 타지 생활하는 것이 힘들까 봐 동생은 가끔 저녁 파티에 지후를 초대했고, 덕분에 지후는 여러 친구와도 사귈 수 있었다.

"어떻게 혼자 호주까지 와서 집도 사고, 차도 사고, 이제 풀타임으로 일까지 구하다니. 진짜 대단해, 형. 나는 절대 그렇게 못 할 거야."

지후의 생활력에 감탄을 멈추지 않던 동생의 이름은 석원이었다. 자동차에 관심이 많던 석원과 지후는 자동차라는 공동 관심사 덕분에 대학교 생활 내내 함께 시간을 보냈다.

"내일 새 차 계약하러 가는 데 같이 가자."

"오! 드디어 차 바꾸는 거야?"

석원과 주위 친구들은 지후가 차를 바꾼다는 말에 마치 자기 일인 양 들떠서 기뻐했다.

"이제 여기에서 제대로 살 준비해야지."

그렇게 지후의 호주에서 삶은 점차 안정되어 가고 있었다. 이민을 계획하며 시작한 호주 생활은 절대 만만하지 않았다. 거의 매일 눈물로 지새웠다. 밥을 굶는 건 일상이었고, 돈을 벌기 위해 안 해본 일이 없었다. 영주권 다음에 시민권을 받고, 안정적으로 정착한 뒤에는 부모님을 모시고 올 계획이었다. 그 생각만으로 지후는 이를 악물고 하루하루를 버텼다. 그리고 그날이 서서히 그려지는 듯했다.

얼마 지나지 않아 지후는 회사의 정직원이 된 조건으로 영주권 신청 자격을 얻었다. 매년 까다로워지는 영주권 신청 기준은 마치 호주 정부가 영주권을 거의 주지 않겠다고 작정한 것 같았다. 하지만 지후는 그 모든 조건을 충족했고, 자격을 얻었다. 마치 지난 세월의 고생이 보상받는 듯한 순간이었다.

그렇게 정착의 꿈에 부풀어 가던 어느 날,

"지후야, 빨리 한국에 들어왔으면 좋겠다."

아버지에게서 온 연락이었다.

"엄마가 암이라고 한다."

그야말로 청천벽력이었다. 아무런 연락이 없던 아버지는, 당장 수술을 하루 앞둔 시점에 지후에게 어머니의 암 소식을 전했다. 그저 알았다고 대답한 지후는 그 자리에서 주저앉았다. 머릿속은 하얗고, 아무런 생각도 할 수 없었다.

다음 날부터 지후는 호주의 삶을 서둘러 정리해야 했다. 집과 가구는 제대로 처리할 시간조차 없었다. 새로 계약한 차도 취소했다. 캐리어와 배낭 하나만 메고 텅 빈 집안을 바라보는 지후는 가슴에 구멍이 뚫린 듯한 기분이었다.

공항으로 향하는 동안 차창 밖 풍경을 물끄러미 바라보았다. 일을 하고 여행하며 누비던 이곳의 모든 것이 낯익었다. 이곳이 집이자 고향이라 여겼지만, 결국 떠나야 했다. 석원과 몇몇 친구들은 공항까지 나와 지후를 배웅했다. 석원은 끝내 아쉬운 눈물을 흘렸다.

"잘 가, 형."

장장 14시간에 걸친 대수술. 그 긴 시간을 견뎌낸 엄마의 모습은 참담했다. 호주에서의 삶을 정리하고 한국에 돌아온 지후는 결국 수술 시간에 옆에 있지 못했다. 엄마가 수술받는 동안, 그저 연락만 기다리며 아무것도 할 수 없던 그 시간은 지후에게 지옥 같았다.

며칠 후 한국에 도착한 지후는 집에 짐을 내려놓자마자 병원으로 향했다.

"아들래미가 몇 년 만에 왔는데 여기서 뭐 하고 있어. 나 밥 안 줄 거야? 엄마 밥이 얼마나 먹고 싶었는데."

병원에서 만난 엄마의 모습은 너무도 야위어 있었다. 수

술한 지 며칠이 지났지만, 아직 식사도 제대로 하지 못한 채 수액에 의존하고 있는 엄마는 아들을 보며 애써 웃으려 했지만, 눈에서는 눈물이 흘렀다.

"얼른 일어나서 집에 가자. 이제 내가 옆에 있을게."

약 두 달간의 병원 생활을 마친 후, 지후와 엄마는 집으로 돌아왔다. 하지만 퇴원 이후에도 엄마의 병간호는 계속되어야 했다. 조금만 관리를 소홀히 해도 암 수치가 금세 올랐다. 매일 엄마 옆에서 간호해야 했기에, 지후는 일을 나갈 수 없었다. 퇴직한 아버지의 연금과 경비원 월급으로는 약값과 생계를 충당하기에 턱없이 부족했다. 다시 찾아온 갈급함. 그 부족함은 지후에게 공포로 다가왔다.

지후의 엄마는 삶에 대한 의지가 강했지만, 병원에 대한 불신이 컸다. 어디서 들었는지 항암치료가 오히려 죽음을 앞당긴다고 맹신했다. 병원에서 항암치료를 받는 사람들의 고통스러운 모습을 본 뒤, 엄마는 병원에서 권유하는 항암치료와 방사선 치료를 거부했다.

"내가 항암치료를 받으면 그걸로 죽게 될 거야."

치료를 받아야 한다는 아버지와 이를 거부하는 엄마 사이의 다툼은 끊이지 않았다. 하지만 지후의 엄마는 여전히 자연 요법으로 치료를 받으려 했고, 지후는 처음엔 엄마의 뜻을 존중했다. 함께 여러 자연 요법을 시도했지만, 그곳에서 요구하는 비용은 엄청났다. 어느새 지후의 통장 잔액은 바닥을 드러냈다. 그러던 어느 날이었다.

"지후야, 나 이거 사야겠어."

어느 신문 광고에서 본 암 치료용 이불을 사야 한다는 엄마의 말을 듣고 지후는 할 말을 잃었다. 이불을 덮고 자기만 하면 암세포를 제거하는 물질이 나온다는, 그저 지푸라기라도 잡고 싶은 사람들을 노린 광고였다. 하고 싶은 말은 많았지만, 지후는 억지로 참고 엄마가 건넨 전화번호로 전화를 걸었다. 이불 한 장의 가격은 200만 원. 하지만 통장에는 그만한 돈이 남아 있지 않았다. 200만 원도 채 남지 않은 돈으로 세 식구가 한 달을 살아야 했다. 그럼에도 이불을 사겠다는 엄마의 고집을 꺾을 수 없었다. 지후의 마음은 까맣게 타들어 갔다.

"엄마, 우리 돈이 없어."

지후가 힘겹게 입을 열었다. 그 어떤 말보다도 본인 입에서 하기 싫었던 말을 한 지후의 마음은 산산이 부서졌다. 그러나 더욱 가슴을 아프게 한 것은 엄마의 반응이었다.

"돈이 왜 없어? 어휴, 다른 집 자식들은 엄마가 암에 걸렸다고 하니까 자기들끼리 돈을 모아 수천만 원씩 갖다줬다던데, 너는 엄마가 살기를 바라긴 하는 거냐?"

엄마가 말하는 다른 집 자식들은 형제가 여럿이고, 이미 마흔을 훌쩍 넘겨 사회적으로나 가정적으로 안정된 삶을 살고 있는 이들이었다. 지후는 엄마에게 자식이라곤 자신 하나뿐이었고, 이제 겨우 20대 중반을 넘긴 상황이었다. 한국에서의 사회 경험도 없고, 직장도 다니지 않던 지후는 그들과 비교할 대상조차 되지 않았다. 그럼에도 감정이 격해진 엄마는 지후를 그들과 비교했다. 그 순간만큼은 지후도 한국으로 돌아온 것을 후회했다. 당장이라도 다시 호주로 돌아가고 싶은 심정이었다.

"빚을 져서라도 이 엄마를 살려야 하는 거 아니니?"

그날 저녁, 아버지가 일을 마치고 집으로 돌아오자, 지후는 곧장 집을 나섰다.

"삼촌, 저예요. 저, 돈 좀 빌려주세요. 일하게 되는 대로 바로 갚을게요."

목적 없이 길을 걷던 지후는 외삼촌에게 전화를 걸어 돈을 빌려 달라고 어렵게 말을 꺼냈다. 한국에서 유일하게 기댈 수 있는 사람은 외삼촌뿐이었다.

"누나는 왜 그러는 거니? 도대체…"

지후는 아무 대답도 하지 못했다. 그저 울고 싶은 심정이었다. 외삼촌은 이런저런 말로 지후를 다독였다. 그리고 갚지 않아도 된다며 지후에게 200만 원을 보내주었다.

"우선 하고 싶다는 걸 해 드려라. 나중에 그걸 네가 못한 걸 후회하면 안 되잖아."

지후는 그날 밤새도록 길거리를 걸었다. 한국에 와서 향수병을 느끼게 될 거라곤 생각해 본 적도 없었다. 지후는 호주가 너무도 그리웠다. 새벽이 지나 아침이 다 되어 집으로 돌아가는 길, 집 앞 편의점에서 산 맥주 한 캔을 들이키고는 집으로 들어갔다. 아침 일찍 일어나 거실에 있던 엄마 지후에게서 술 냄새가 나자, 혀를 찼다.

"그렇게 술 마시고 취하면 좋니? 돈 없다더니 술 마실 돈은 있었나 보지? 그런 모습 보일 거면 한국엔 왜 온 거냐? 다시 호주로 가버리던가 해라. 꼴도 보기 싫으니."

숨이 막혔다. 지후는 도망치듯 서울에 있는 회사에 입사 지원을 했고, 몇 차례의 면접 끝에 바로 채용 합격 통보를 받았다. 그 회사가 지금의 KOR인터였다. 서울에 집을 얻어 생활하면서 주말마다 부모님이 계신 곳으로 내려가긴 했지만, 그 길이 마냥 즐겁지는 않았다. 호주에서 벌었던 돈에 비하면 첫 월급은 너무나도 적었다. 첫 월급을 받은 지후는 마음이 너무나도 힘겨웠다. 현실이 한탄스러워 한동안은 우울증약을 먹어야 겨우 잠을 잘 수 있었다.

"서울로 취직해서 간 놈이 엄마한테 용돈 한 번 제대로 쥐여 주질 않아."

첫 월급은 전부 엄마에게 드렸다. 이후로도 지후는 생활에 필요한 최소한의 비용만 남기고 월급을 모두 드렸지만, 적은 월급에서 그 금액은 너무나도 작은 것이었다. 역시나 그때마다 엄마는 다른 집 자식들과 지후를 비교했고, 지후는 점차 엄마와의 연락을 끊었다. 매주 내려가던 횟수도 점점 줄어들었다.

그렇게 시간이 흘러 어느 날, 지후는 우울증약으로 처방받은 수면제를 한 번에 여러 알 삼켰다. 유서 따위는 남기지 않았다. 남길 말도, 죄책감도 없었다. 삶이 싫었고 무거웠다. 의욕도, 방향도 모두 잃고, 희망도 행복도 보이지 않던 지후는 그렇게 눈을 감았다. 이제 막 20대 후반에 접어든 나이, 악착같이 버텨온 20대의 시간은 모두 후회로 남았고, 가슴속엔 응어리만이 쌓였다. 누구를 위해, 무엇을 위해 그렇게 모든 것을 내던져가며 이를 갈며 20대를 보냈을까. 깊은 한숨, 그리고 흐느낌이 잦아지며 지후는 깨어나고 싶지 않은 잠에 빠졌다.

다음 날 새벽, 알람 소리가 시끄럽게 방 안을 채웠다. 직접 버튼을 눌러야만 기능을 멈출 수 있는 알람 소리는 미동도 하지 않는 지후를 향해 계속해서 울려댔다. 다시는 듣고 싶지 않았던 그 소리, 저주스럽고 원망스러운 그 소리에 지후의 눈이 다시 떠졌다. 충분히 많은 양을 삼키지 않았던 탓일까, 아니면 아직 때가 되지 않았다는 하늘의 뜻이었을까. 몸은 물을 머금은 솜처럼 천근만근 무거워 움직일 수 없었다. 지후의 눈에서는 눈물이 하염없이 흘렀다. 삶을 끝내는 것조차 자신 뜻대로 되지 않음에 한참을 목 놓아 울었다.

## 7화. 인천공항 자유무역단지

주말이 지나고 다시 월요일이 시작되었다. 사무실 안에는 또다시 주간 회의 후 채진범 회장의 호통 소리가 가득 울려 퍼졌다. 이번에도 역시 실적과 비용 절감이 주요 이슈였다. 실적 회의가 끝난 후, 채이수 사장이 지후를 호출했다.

"구원만 전무가 낸 의견인데, 솔직히 난 자존심이 상하고 막말로 쪽팔리거든? 그런데 회장님이 허락하셨어. 항공수입, 그리고 수출팀 전부 인천공항으로 사무실 옮기고, 여기 본사 사무실은 반으로 줄여서 월세라도 절감하자는 거야."

"그렇게 하면 퇴사하겠다는 직원이 많을 것 같은데요."

솔직히 지후도 이참에 퇴사하고 싶었다. 하지만 당장 돈을 벌어야 했고, 성급하게 이직하기도 부담스러웠다.

"팀원들 다독이는 건 네 몫이야. 떠난다고 하면 나는 잡지 않을 거고, 사람이야 다시 뽑으면 그만이니까. 오히려 이번 기회에 누가 얼마나 애사심이 있는지, 그리고 진작 떨어져야 했을 사람들을 걸러낼 수 있다고 생각해."

지후는 별다른 대답 없이 그저 고개를 끄덕였다.

오후에 지후는 인천공항 이전에 대해 수출부 팀원들과 회의했다. 예상대로 대부분 직원이 별다른 고민 없이 퇴사를 결정했다. 그들은 하나같이 출퇴근의 불편함을 이유로 들었다.

"저는 부천에 살고 있어서 괜찮습니다. 저는 인천공항으로 가겠습니다."

유일하게 현진만이 인천공항행을 선택했다. 지후는 그나마 안도했지만, 앞으로의 업무가 막막하기만 했다. 아니나 다를까, 회사는 경력자들이 떠난 자리를 이제 막 고등학교를 졸업한 신입사원으로 채웠다. 이들을 처음부터 교육 시키는 책임 역시 전적으로 지후에게 맡겨졌다.

"네 새끼들 키우는 거라고 생각하고 잘 가르쳐. 그래야 나중에 네가 편해질 거야."

영업부의 민성찬 부장이 지후의 어깨를 토닥였다. 그의 말투는 거칠었지만, 지후를 향한 연민이 느껴졌다.

잠시 바람을 쐬기 위해 옥상에 올라간 지후는 채린을 마주쳤다.

"우리 인천공항으로 가래."

"꼭 가야 돼? 출퇴근 힘들 텐데. 차라리 이직하는 게 낫지 않겠어? 그렇게 가면 얼굴 보기도 힘들 텐데…"

채린의 얼굴에 아쉬움이 스쳤다. 업무 중간에 옥상에서 지후와 함께 커피를 마시는 시간은 그녀에게도 유일한 휴식이었다. 그 시간이 사라진다고 생각하니 허전한 마음이 들었다. 하지만 떠나는 지후의 마음은 오죽할까 싶어 채린은 애써 미소를 지어 보였다. 채린의 미소를 보며 지후도 미소로 답했다.

"버텨 보려고. 버티다 보면 언젠간 보상받을 날이 오겠지. 가끔 시간 내서 밥이나 같이 먹자."

"우리 이렇게 옥상에서 보는 것도 이제 얼마 안 남았네. 힘내, 이지후. 나도 공항 갈 일 있으면 꼭 너 보러 갈게."

두 사람은 말없이 커피가 담긴 종이컵만 만지작거렸다.

■■■■

　며칠이 지나 인천공항으로의 이사는 빠르게 진행되었다.

　인천공항에 있는 KOR인터의 창고는 자유무역단지 내에 있었다. 이곳은 여러 회사가 자리 잡은 거대한 창고 건물로, 각 회사는 인천공항공사로부터 일정 구역을 배정받아 사용하고 있었다. 건물은 1층과 2층으로 나누어져 있었지만, 작업장 용도의 1층은 천장이 매우 높아 일반 건물의 4층 정도 되는 높이를 자랑했다. 1층은 화물의 입고와 출고가 진행되는 창고였고, 2층은 사무실로 사용되고 있었다.

　이곳은 보세구역이라 불렸다. 통상적으로 해외에서 수입된 화물은 정식적인 통관을 마치기 전, 또는 수출 신고가 완료된 후 관세청의 관리 아래 들어갔다. 이런 화물은 정부 물건이 되어 아무 창고로 임의로 운송될 수 없었고, 포장을 열어서도, 상태를 변경해서도 안 됐다. 이를 보세 화물이라 하는데 지정된 창고, 즉 보세구역으로 지정된 곳에 신고한 뒤 보관해야 했고, 다른 장소로 이동시키려면 보세 운송 면허를 발급받고 반출 신고를 거쳐야 했다. 이 절차를 생략하면 심각한 법적 문제가 발생했고 법규 위반 사항에 해당했다. A3구역 B동에 있는 KOR인터의 창고 역시 이러한 보세구역으로 지정된 곳이었고, 화물들이 엄격한 관리하에 처리되고 있었다.

항상 서류로만 보는 제품의 실제 모습을 본다는 것은 업무적으로 도움이 되긴 하지만, 한 번이면 족했다. 특별한 문제도 없는데 공항에서 굳이 매일 물건을 확인할 필요는 없었다. 그러나 회사 운영진 지시에 따라 팀이 공항으로 오게 됐다. 항공 수입부는 진을도만 남았고, 수출부 역시 지후와 현진만 남고 전원 사직서를 냈다. 항공부는 사실상 새 팀을 꾸려야 하는 상황이었다. 그들이 이 공항에 도착했을 때, 입에서는 한숨이 절로 나왔다.

공항 창고를 관리하는 천용복 소장이 그들을 맞이했다. 천용복 소장은 부장급이었고 나이로 보나 업계 경력으로 보나 진을도 차장보다 훨씬 윗사람이었으나, 그는 본사 사람을 대하는 것을 늘 어려워했다. 다른 회사에서 일하다가 구원만 전무의 부름을 받고 이곳으로 온 그는 원만의 절대적인 신임을 받고 있었다. 전의 회사를 그만두게 된 계기 때문에 천용복에 대해 좋지 않은 소문이 공항 바닥에 퍼져 있었지만, 구원만은 그런 소문에 신경 쓰지 않았다. 그는 그저 자신에게 복종하고, 공항사무소를 자신이 원하는 대로 움직일 수 있는 인물이 필요했을 뿐이었다. 그런 인물 중에 천용복이 제격이었다.

사무실로 향하던 지후는 천 소장과 눈빛이 마주쳤다. KOR인터는 항공 수출의 실적이 항공 수입과 해상 수출입 실적을 합한 것보다 많았다. 그만큼 항공 수출 비중이 컸기에 항공 수출부에 힘이 더 실려 있었다. 그런 많은 물량을 사고 없이 선적하기 위해서는 공항사무소와의 유기적인 소통과 팀워크가 가장 중요했다. 하지만 그런 조직에 갑자기 소장이라는 자리로 치고 들어온 사람이 지후는 달갑지 않았다.

"어유! 오셨습니까? 먼 길 오시느라 고생 많으셨습니다."

1층 창고에 컨테이너를 개조한 간이 사무실에서 이정수 대리가 나와 인사를 건넸다. 정수는 비록 직급은 대리였지만, 지후보다 네 살이나 많은 형이었다. 원래 공항사무소의 소장이었던 그가, 천용복의 등장으로 인해 직책을 잃었다.

"아이고, 진 차장님도 오셨네요. 이런 귀한 곳에 누추하신… 아니, 아니, 누추한 곳에 귀하신 분들이 오시다니! 일하시려면 힘드실 텐데. 아무튼, 수고하십시오. 이 과장님, 담배 한 대 피우실까요?"

정수는 지후만 보고 을도는 아예 쳐다보지 않았다. 이미 수입 화물을 취급하면서 두 사람 사이의 관계가 틀어질 대로 틀어졌기 때문이다. 진을도 역시 이정수와 말을 섞고 싶지 않은 듯, 곧장 2층 사무실로 올라가 버렸다.

정수가 담배를 깊이 빨며 한숨을 내쉬었다. 지후는 그런 정수를 가만히 지켜보다가 걱정스러운 눈빛을 보냈다.

"저 새끼 얼굴을 이제 매일 봐야 해?"

정수가 담배 연기를 내뱉으며 투덜거렸다.

"아들래미 때문에 담배 끊었다더니?"

꽤 오랜 시간 금연하던 정수가 담배에 불을 붙이자, 지후가 작은 한숨을 지었다. 답이 뻔한 질문이기에 정수는 헛웃음을 지었다.

"천 소장 하나로도 속에서 천불이 나는데 이제 저 얼굴까지 맨날 봐야 하니 죽으라는 거지 뭐. 담배 생각 안 날 수가 있겠냐?"

지후는 잠시 생각에 잠겼다가 물었다.

"수입 일은 지금 주 계장이 다 하고 있어요? 진 차장이랑은 문제없어 보이네?"

정수가 쓴웃음을 지었다.

"문제없긴, 맨날 욕을 입에 달고 살지. 근데 어쩌겠어? 까라면 까야지 지가."

공항에 보세창고를 운영하는 가장 큰 장점은 창고료 수익을 온전히 자사 이익으로 남길 수 있다는 점이었다. 수입 화물은 인천공항에 도착해 창고에 보관되는 순간부터 창고료가 발생하기 시작했으며, 창고에 머무는 기간이 길수록 창고료가 쌓이게 마련이었다. 하지만 진을도는 모든 창고료를 '업체 영업을 위한 서비스'라는 구실로 업체들에 청구하지 않았다. 이에 따라 KOR인터 창고는 언제나 수입 화물로 가득했지만, 정작 창고료 수익은 전혀 발생하지 않는 기형적인 구조가 만들어졌다.

이러한 상황은 월간 회의에서 매번 채진범 회장에게 보고되었고, 그때마다 당시 소장으로 있던 정수가 본사로 불려 와 채 회장에게 온갖 욕설과 구박을 받아야 했다. 하지만 정작 책임자인 진 차장은 어떠한 반응도 보이지 않았다. 그저 정수가 회장에게 혼나는 모습을 방관할 뿐이었다. 이 때문에 정수는 을도에게 불만이 쌓일 수밖에 없었다. 상황이 이런데, 천용복 소장이 부임한 후 공항사무소 직원들은 더 이상 월간 회의에 참석하지 않아도 된다는 통보까지 받았다. 말주변이 없는 천 소장이 본사에서 괜히 허튼소리로 실수할까 봐 구원만이 미리 손을 써놨다. 본사에서 시키는 대로 공항사무소는 일하라는 원만의 지시였다.

"끝나고 주 계장 데리고 술이나 한잔하자."

정수가 말했다. 지후도 고개를 끄덕이며 대답했다.

"그러시죠."

비록 매일 구원만의 얼굴을 보지 않아도 되는 공항 근무가 마음의 위안이 되었지만, 지후는 앞으로 인천공항에서 생활이 절대 순탄치 않을 것이라는 불안한 예감을 떨칠 수 없었다.

## 8화. 비용 절감

　영종도 공항 인근 구읍 나루터에 있는 한 횟집에 지후, 정수, 그리고 공항사무소 주우영 계장이 테이블에 둘러앉아 있었다.
　"언제 술 한잔하자고 그렇게 말만 하더니, 이렇게 만나게 될 줄이야."
　"공항 올 팔자였나 보죠."
　지후는 씁쓸한 표정으로 잔에 담긴 소주를 털어 넣었다.
　"현진이 그 녀석은 같이 한잔하자니까 혼자 도망가고 말이야. 짜증 나!"
　"내버려둬요. 요즘 연애하느라 바쁘잖아."
　"윤 계장, 애인 생겼어요?"

가만히 있던 우영이 화들짝 놀라며 되물었다. 자신보다 나이가 어린 현진에게 애인이 생겼다는 소식에 은근히 샘이 나는 눈치였다.

"이 공항 바닥에서 일만 죽어라 하다가 연애 한 번 못 해 보고, 이러다 평생 혼자 살다 끝나게 생겼다니까요. 군대도 이런 군대가 없어요. 완전 산간, 오지, 벽지, 사이트야."

"주 계장님, 원래 이렇게 말이 많으셨어요?"

평소 과묵하기만 했던 우영이 쉬지 않고 말을 쏟아내자, 지후는 왠지 다른 사람을 마주한 듯한 느낌을 받았다. 하지만 덕분에 분위기는 어색하지 않았고, 오히려 좋았다. 공항에 오게 되면서 평소 알지 못했던 우영의 모습을 보게 되어 신기하기만 했다.

"이제 지후 너도 곧 알겠지만, 공항에서 일하다 보면 말할 일이 없어. 그냥 짐 들어오면 지게차 타고 받고, 나가는 짐 실어 주고. 딱히 할 일이 없으면 또 멍하니 앉아 있다가 본사에서 서류 넣어주면 그거 처리하고 마감해. 그러면 하루가 다 가는 거야. 누구랑 말을 나눌 필요도 없고, 그냥 지게차 타다가 끝나는 거지. 그리고 천 소장? 그 사람은 묵언 수행하는 사람 같아. 우리랑 친해질 생각도 없는 것 같고, 구 전무가 내리는 오더만 굽실굽실. 아주 마음에 안 들어."

정수의 말을 듣고 있던 우영이 거들었다.

"천 소장, 전 회사에서도 별로 평판이 좋지 않았다고 하더라고요. 공항 직원들이 그 사람 근무 태도에 대해 본사에 보고했는데, 본사에서 그걸 천 소장한테 그대로 전해줬나 봐요. 그랬더니 천 소장이 화가 나서 공항 직원들 다 잘라 버리라고, 자기를 선택할 건지, 직원들을 선택할 건지 하라면서 대판 했나 봐요. 결국 본사에서 천 소장을 다른 사무실로 보내 버렸대요."

조용하던 사람이 화를 내면 무섭다는 말이 있듯, 천용복 소장의 평소 과묵한 이미지와는 전혀 다른 모습은 예상 밖이었다.

"결국 아무도 자르진 않은 거네요?"

"어떻게 직원을 다 자르겠어. 천 소장을 잘라야 했는데, 그 사람도 안 잘랐지. 그때 본사에 있던 사람이 바로 구 전무야. 요즘도 오전만 되면 천 소장 이 사람, 자꾸 어디로 사라져. 우리 공항 차를 끌고 나가서는 점심시간 때쯤 돼서야 돌아와. 그러니 그 시간 동안 우리는 차도 못 쓰고, 일이 있어도 그냥 기다려야 해. 도대체 어디서 뭘 하고 다니는 건지 모르겠어."

지후는 괜한 일에 끼어들기 싫어 두 사람이 나누는 이야기를 조용히 듣기만 했다. 대화의 주된 내용은 천 소장이 과거에 했던 부적절한 행동들, 그리고 현재 공항 직원들을 그의 기분에 따라 대하는 태도였다. 본사 직원들이 공항으로 온다는 소식 이후 용복의 기분은 매우 불편해 보였고, 직원들에게 더욱 까칠하게 굴었다는 내용의 이야기들이 이어졌다. 용복이 그렇게 예민해진 것은 아마도 지후 때문일 것이다. 본사 사람 중에서 그와 대립각을 세운 인물이 지후였기에, 그런 존재가 자신의 일거수일투족을 지켜보는 상황이 용복에게는 매우 불쾌할 수밖에 없었다. 반대로, 다른 공항 직원들에게는 지후가 새로운 아군으로 여겨졌기에 그들에게 작은 희망과 기대를 주고 있는 듯했다.

그때 지후의 핸드폰이 울리기 시작했다. 발신자는 현진이었다. 전화를 받은 지후의 표정이 일그러졌다.

"공 상무, 아! 이, 공 상무!"

수화기 너머로 들리는 현진의 목소리에는 분노가 가득 차 있었다.

"진정하고, 그래서 어떻게 해주면 돼?"

문제의 인물은 영업부 공효승 상무였다. 원래 물류 업계 출신이 아닌 그는, 전자 제품을 생산하는 대기업에서 간부로 일하다가 채진범 회장과의 인연 덕분에 퇴직 후 KOR인터로 입사한 지 이제 3년 차였다. 나이와 경력 덕에 상무로 입사했지만, 물류에 대한 지식은 거의 없다고 봐도 무관했다. 심지어 입사한 지 3년이 지났지만, 여전히 신입사원 수준에서 벗어나지 못하고 있었다.

오늘도 효승은 현진이 작성한 보고서에서 몇몇 용어가 이해되지 않는다며 퇴근 후 한창 여자 친구와 시간을 보내던 현진에게 전화를 걸어 따져 묻기 시작했다. 문제는 보고서의 일부가 지후가 작성한 부분이라는 데 있었다. 공 상무가 그 부분에 대한 자료의 출처와 세부 내용을 캐묻자, 당황한 현진은 정확한 답변을 내놓지 못했다. 그때부터 효승의 질책이 쏟아졌고, 결국 현진은 지후에게 도움을 요청할 수밖에 없었다.

효승이 요구하는 보고서의 내용은 대개 업무와는 관련이 적거나 거의 무관한 것들이었다. 작성하는 사람조차 이 보고서를 왜 작성하고 있는지 이해하기 어려운 상황에서 보고서를 작성해야만 했고, 보고서가 완성되면 마치 중요한 자료인 것처럼 포장된 그 문서를 공 상무는 채 회장에게 제출했다. 그럴 때마다 회장실에서는 효승 덕에 회사에 체계가 잡히고 있다고 회장의 칭찬이 울려 퍼졌다. 그 칭찬에 기분이 오른 그는 어깨를 으쓱이며 당당한 걸음걸이로 자신의 자리로 돌아가곤 했다. 그러니 보고서에 대한 집착이 더 심해지고 목숨을 거는 것이 아닌가 싶었다. 그러나 정작 보고서를 작성하는 직원들은 본인의 업무가 가중될 뿐이었고, 효승은 여전히 물류에 대한 기본적인 이해도 없이 그저 겉모습만 꾸미는 데 급급했다. 지후는 이 상황이 조만간 누군가의 사표로 이어질 것 같다는 불길한 예감을 했다.

"아, 이 과장이 전화했구나? 난 윤 계장한테 물어본 건데."

효승의 목소리에서 알 수 없는 우월감이 느껴졌다. 지후는 순간 모멸감을 느꼈다. 상무는 계장급 직원보다 높은 직급의 사람과 통화하게 된 것에 만족한 듯, 그 상황에서 어떤 희열감 또는 정복감 같은 그 무언가를 느끼는 듯했다.

"그런데 여기, 이 문장에 있는 단어는 스펠링이 ee가 아니라 ea야. 영어 못하면, 퇴근하고 시간 많잖아? 공부 좀 해. 책을 사서 보든가, 학원을 가던가. 물류 일을 하면서 영어 스펠링도 못 맞추면 어쩌자는 거야? 이런 기본적인 것도 못 하면서 무슨 일을 하겠다고?"

효승은 보고서 내용에서 중요한 정보는 전혀 걸러내지 못하고, 그저 사소한 영어 철자 오류만을 집어냈다. 급하게 보고서를 작성하던 현진이 실수로 철자를 틀린 것이었지만, 지후 역시 이를 걸러내지 못한 책임이 있었다. 그러나 효승이 내뱉은 말들은 상당히 지후의 기분에 거슬리게 했다.

"개새끼."

효승의 요구에 대한 설명을 마치고 전화를 끊은 지후는 깊은 한숨과 함께 욕이 새어 나왔다.

"이 근본도 없고 답도 없는… 이건 그냥 분리수거도 안 되는 쓰레기야. 그러면서 잘난 척, 배운 척, 온갖 척척척들이 눈꼴사나워서 미쳐버릴 것 같아. 일이라도 제대로 알면 몰라. 여기저기 돈이 줄줄 새고 있는데 그걸 바로잡을 생각은 전혀 안 하고 맨날 비용 절감을 위해 회의를 하네, 뭘 하네. 당장 우리 꼴 좀 봐. 비용 아낀다고 공항으로 쫓아내놓고선, 정작 아무것도 모르는 사람한테 억대 연봉을 주면서 앉혀놨어. 할 줄 아는 것도 없고, 영업도 없고, 그 사람 월급만 안 줘도 회사 운영비가 확 줄걸? 그러면서 뭘 하는 척하긴. 회장님한테 굽신거리는 거 하나만 잘하지. 정작 자기는 아무 생각도 없으면서 직원들한테는 아이디어

가 없네, 생각이 없네, 자기만 회사 위해 고군분투하는 척하고. 어휴, 꼴도 보기 싫어. 하는 거라곤 직원들 닦달하면서 거품 무는 거밖에 없어. 이런 밥버러지 같은 인간이 지금 중역이라고 자리를 떡하니 차지하고 있으니, 회사가 발전이 있겠어?"

"그래도 그 세대가 열심히 했으니까 IMF도 견뎌내고 우리나라가 살아난 거 아닌가요?"

"저 사람들 덕분에 우리가 IMF를 견딘 거라고? 웃기지도 않아요. IMF 때 나라를 살린 건 힘없고 연약한 국민이야. 금 모으고, 달러 모아서 버텨낸 건 그들이지. 저기 앉아 있는 저 꼰대들은 그때 우리나라에 있지도 않았을걸? 당장 저 인간 봐. 맨날 자기가 미국 어디 듣도 보도 못한 대학 나왔다고 영어 지적질만 해대잖아. 그러면서 어깨에 뽕만 가득 채우고선 보고서 내용은 하나도 이해 못 하면서, 이게 무슨 내용인지 자기를 이해시키라고 난리야. 영어 스펠링 하나 틀리면 그거 가지고 사람을 쥐 잡듯 잡고, 사람을 개무시해. 일은 몰라서 일로는 뭐라 할 수 없으니까 그나마 잡아낼 수 있는 게 겨우 영어 스펠링이란 거지. 저런 인간들이 빨리 사라져야 회사가 발전한다니까? 맨날 결론도 없는 회의만 주야장천 하는데 뭐가 있겠어? 그저 위에다 대고 자기가 뭘 했는지 보여주려고 알랑방귀나 끼는 거지. 저 인간도 아마 회사 발전에는 관심 없을걸? 자기가 어떻게 하면 더 위에 잘 보일까, 그 생각밖에 없을 거야."

쉴 새 없이 쏟아내는 지후의 말에 잠시 반문한 우영에게 괜한 불똥이 튀었다.

"과장님도 말이 적은 편은 아니셨네요."

"본사도 고생이 많다. 술이나 마셔!"

지후는 속에서 타오르는 불길을 술로 진화하려 애썼다. 그러나 마음속 답답함은 여전했다. 인천공항까지 와서 자신이 지금 무엇을 하고 있는지, 왜 여기까지 왔는지 자신도 의문이었다. 더구나 이런 상황 속에서 얼마나 더 버틸 수 있을지도 알 수 없었다.

주위 사람들 역시 지후의 처사가 불합리하다는 데는 동의했지만, 선뜻 이직을 권하지는 못했다. 섣부른 이직보다는, 힘든 환경 속에서도 오래 버틴 경험이 훗날 더 큰 자산이 될 거라는 의견이 많았다. 지후도 그 말에 어느 정도 동의했다.

사람들 사이에 흔히 통용되는 '또라이 질량 보존의 법칙'이 있다. 어느 조직에 가든지 또라이가 존재한다는 법칙. 만약 자신이 있는 조직에 또라이가 보이지 않는다면, 그 또라이는 자신일 가능성이 높다는 다소 우스갯소리지만 꽤 신빙성 있는 법칙이었다. 지후의 생각에, 그가 속한 조직에는 또라이의 비율이 유독 높았다. 그래도 그는 버틸 때까지 버텨 보자는 생각으로 이 악물고 견디게 몇 년인지 모를 정도였다. 그렇게 버티다 보니 어느새 인천공항까지 오게 되었다.

그러나 이제는 점점 그 의지가 희미해지고, 지쳐가고 있었다.

## 9화. 좌천

"어이! 이 과장! 안녕하신가? 점심이나 같이할까?"

최상진 차장의 목소리가 오랜만에 활기찼다.

"인천 오시나 봅니다? 우리 매일 도시락 주문해서 먹고 있는데, 차장님 것도 하나 더 시켜 놓을까요?"

"아이, 이거 왜 이래! 내가 도시락 먹자고 그 섬에 들어가? 소풍 가는 것도 아니고. 나가서 맛있는 것 좀 먹자고! 그 정도 시간은 낼 수 있잖아? 이제 거기서 누가 터치도 못 하잖아."

인천공항으로 출근을 시작한 지 약 2개월. 그사이 많은 것이 변했다.

우선 팀원들이 이제 막 졸업을 앞둔 고등학생들로 바뀌

었다는 것이 가장 큰 변화였다. 본사에서 인천공항으로 사무실을 옮기면서 많은 직원이 퇴사하자, 회사는 인천 영종도에 있는 물류 고등학교와 일종의 자매결연을 하였다. 물류를 공부한 실업계 고등학생들이 곧바로 현장에 투입될 수 있고, 취업률을 높일 수 있다는 학교 측의 이점과 저렴한 인건비로 구인을 할 수 있다는 회사 측의 이득이 맞아떨어진 결과였다. 그렇게 항공부의 빈자리는 매우 빠르게 채워졌다.

지후는 대졸이든 고졸이든 크게 개의치 않았다. 어차피 신입사원을 뽑으면 처음부터 가르쳐야 하는 것은 매한가지였다. 빈자리가 빠르게 메워졌다는 사실에 오히려 안도감이 들었다. 2개월이 지나자, 신입사원들도 이제는 자신들의 업무를 어느 정도 스스로 처리할 수 있을 만큼 성장했다. 나름대로 조직이 자리를 잡아가는 모습을 보며 지후도 조금은 안심할 수 있었다.

또 하나 크게 달라진 점은, 진을도가 더 이상 공항으로 출근하지 않고 본사로 출근하고 있다는 사실이었다. 처음 며칠 동안은 공항으로 직접 차를 끌고 출근하던 을도는 공항 근무에 대해 하루 종일 불만을 늘어놓았다. 그도 그럴 것이, 공항에서는 누구도 그를 반겨주지 않았고, 당장 진급에 목마른 그가 윗선에 잘 보일 가시적인 방법이 없어지자 상당히 애가 타는 모양새였다. 그러더니 어느 날 갑자기 을도는 자신의 컴퓨터를 들고 본사로 출근하기 시작했다. 그의 본사 출근은 본사 측의 승인이 없는 독단적인 행동이었다. 회장님의 지시를 어겼다는 이유로 질책을 피하고자 주간 회의가 있는 월요일에는 어쩔 수 없이 공항으로 출근했지만, 화요일부터는 다시 본사로 출근을 반복했다. 그렇게 몇 주가 흘렀고, 어느 순간부터 그는 아예 공항에 오지 않게 되었다. 듣기로는 구원만 이 회장님께 진 차장이 본사에 있어야 손님들을 맞이할 수 있다는 이유로 예외를 요청했고, 회장님이 마지못해 이를 허락했다는 것이다.

지후와 현진은 낙동강 오리알 신세가 된 느낌이었다. 더 큰 문제는 팀장이라는 사람 없이 공항에서 근무하게 된 항공 수입부 팀원들이었다. 졸지에 지후는 수입부 팀원들까지 챙겨야 하는 책임을 떠안은 소년 가장 신세가 되었다. 하지만 지후는 내심 괜찮다고 생각했다. 진을도의 얼굴을 보지 않게 된 것이 차라리 다행이라고 여겼다. 이참에 공항에 남은 직원들끼리 더 똘똘 뭉쳐 보자는 마음이었다.

한편, 본사에서 만났던 손님들이 이제 하나둘씩 지후를 만나기 위해 공항으로 찾아오기 시작했다. 이는 역으로 을도가 본사에 있어도 본사로 찾아오는 항공부 수출 관련 손님이 없다는 뜻이었다. 수입부 관련 손님은 애초부터 없었다.

"이게 얼마 만이야 그래? 이제 완전히 공항 사람 다 됐네!"

점심시간이 조금 안 되어 상진이 사무실 문을 열고 들어왔다. 오랜만에 만난 두 사람은 반가움에 손부터 잡았다. 자신이 먼 길 오느라 고생이 많았다며 맛있는 점심을 사지 않으면 삐치겠다는 상진의 농담에, 지후는 직원들에게 그를 소개한 후 밖으로 이끌었다.

"칼국수나 한 그릇 하시죠."

두 사람은 인천공항 근처 칼국수로 유명한 식당으로 이른 걸음을 옮겼다. 주말에는 대기 줄이 길어 점심시간에 먹기는 어려운 곳이었지만, 평일이라 다행히 자리가 있었다.

"그래서 진 차장만 본사에 앉아 있었구나? 어쩐지, 사무실에 올라가 봤더니 과장님은 없고 진 차장만 혼자 덩그러니 있더라. 그래서 서둘러 나왔지. 나, 이번에 진짜 과장님한테 삐칠 뻔했어."

인천공항으로 옮겨오면서 정신없이 바빠 지후는 상진에

게 이사 소식을 전하지 못했다. 그리고 근처를 지나다 본사에 들렀던 상진이 지후 대신 을도를 마주하게 된 상황에 적지 않게 당황했던 모양이었다.

잠시 후 뽀얀 국물 위에 해산물이 듬뿍 담긴 칼국수가 식탁 위에 놓였다. 후각을 통해 들어오는 진한 바다 향이 식욕을 흔들어 깨웠다.

"좌천돼서 유배 간 사람 면회하러 왔는데, 오히려 얼굴이 더 좋아졌네?"

"좌천이라니요."

"본래 업무하던 사람 인천공항으로 유배 보내는 게 사표 쓰라고 좌천시키는 거잖아. 그래서 진 차장이 그렇게 기를 쓰고 본사로 돌아간 걸 텐데."

"저 놀리러 오신 거죠? 전 지금 딱 좋아요. 터치하는 사람도 없고."

"그래 보여! 어쩌면 다행인 건가? 여기서도 알아서 잘하고 있으니 그런 소문도 돌겠지."

"무슨 소문이요?"

칼국수를 집어 들던 지후가 잠시 동작을 멈추고 동그란 눈으로 상진을 바라보았다.

"아, 그 얘기 못 들었어?"

듣는 사람이 없나 잠시 주위를 살핀 상진이 상체를 지후에게 가까이 다가가 속삭였다.

"이 과장님이 공항 소장이라고 소문 쫙 퍼졌던데."

"그건 또 무슨 소리예요. 말 같지도 않은 소리예요."

떠들기 좋아하는 정수가 여기저기 퍼뜨린 소문인 듯했다.

"괜한 헛소리니까 신경 쓰지 마세요. 본사에서 알면 또 뒤집히겠네. 국수나 빨리 드세요."

입맛이 순간 떨어질 뻔했지만, 식욕은 불길한 기분을 가볍게 눌렀다.

상진과 점심을 마치고 사무실로 돌아온 지 얼마 지나지 않아 누군가 사무실을 찾았다. 구원만 전무였다. 지후는 서둘러 자리에서 일어나 그를 맞았다.

"그냥 볼 일이 있어서 지나가다가 잠깐 들렀어."

보나 마나 어떻게 일하고 있나 불시에 감시하려 찾아온 것이 뻔했다. 항공부 직원들의 일하는 모습을 대충 훑어본 원만은 사무실을 나가 아래층 창고로 향했다. 지후도 그를 따라갔다.

원만이 온 모습을 본 용복이 타고 있던 지게차에서 내려 원만에게 인사했다가 뒤따라온 지후를 보고는 곧장 다시 지게차에 올라탔다.

"공항 일이 아주 바쁜가 보군."

그는 헛기침을 한 번 내뱉고는 창고를 둘러보기 시작했다. 창고 뒤편에 쌓여있는 항공 수입 화물을 본 원만의 표정은 탐탁지 않았다.

"창고 보관 수익은 제로던데, 무슨 짐들이 이렇게 많이 쌓여있어?"

"수입 화물인데, 영업적으로 화주를 끌어오려면 창고 비용을 제해주는 걸로 어필해야 한다고 합니다."

"진 차장이 그래?"

"영업부에서도 같은 말을 하고 있습니다."

"땅 파서 장사하나, 이것들이."

원만의 어투는 한바탕 큰소리를 낼 것 같았지만, 항공 수입과 영업 담당자가 없는 상황에서 소란을 피워 봐야 소용없음을 알았는지 더 이상 언급하지 않았다.

그는 창고 입구 쪽으로 시선을 돌렸다. 창고 입구부터 깊은 자리까지 줄지어 선 화물들이 항공사 반입을 기다리고 있었다. 그 와중에도 당일 선적해야 할 화물을 실은 화물차들이 하차를 위해 차례를 기다리며 줄을 서 있었다.

"이게 다 오늘 나가나?"

구원만은 그동안 종이로만 받아 보던 숫자와는 달리, 현장에서 직접 물량을 확인하며 신기하다는 듯 물건들을 둘러보았다.

"네, 전부 오늘 밤 선적될 물량입니다. 필리핀, 베트남, 미국, 중국 순서로 항공사에 반입될 예정이고, 창고 바깥부터 그 순서대로 정리되어 있습니다."

원단부터 전자부품, 각종 기계류, 영양제, 산업자재까지 여러 나라로 선적되기 위해 준비된 모습을 보면 대한민국 수출의 일선에서 뿌듯하기도 했지만, 이 물량을 유치하기 위해 겪은 고생을 떠올리면 진절머리가 나는 장면이었다.

"스톱! 아, 멈춰!"

그 순간, 정수의 외침이 창고에 울렸다. 원만과 지후가 정수를 향해 시선을 돌리는 순간, 무언가 부서지는 둔탁한 소리와 함께 물건들이 쏟아지는 소리가 이어졌다.

"아……"

지후의 짧은 탄식과 함께 창고 앞은 아수라장이 되었다.

"내가 언젠가 이럴 줄 알았다니까. 그걸 한 번에 다 들면 어떻게 해요. 무게가 얼마인데. 아, 왜 여태껏 지게차 한 번 안 탔으면서 갑자기 지게차를 탄다고…"

머리를 감싸 쥐며 짜증을 섞어 말하는 정수의 시선이 용복에게 향했다. 구 전무가 나와 있다는 사실에 무언가를 보여주고 싶었던지, 천 소장은 무리하게 짐을 내리다 결국 사고를 냈다. 원래 한 개씩 들어야 할 화물을 두 개나 무리해서 들어 올렸다. 지게차 포크 끝에 간신히 매달려 있던 화물이 지게차가 회전할 때 무게 중심이 옮겨지면서 바닥에 떨어졌다. 팔레트는 박살이 났고, 쌓여있던 상자들도 찢어지며 내용물이 바닥에 쏟아졌다.

그 모습을 본 원만도 놀란 표정으로 아무 말도 하지 못한 채 상황을 지켜보았다. 용복, 정수, 그리고 지후는 서둘러 바닥에 나뒹구는 물건들을 수습했다. 문제는 기존 물건의 정확한 수량을 파악할 수 없었고, 더 큰 걱정은 파손 여부였다.

"현진아, 선적 서류 갖고 어서 내려와! 담당자 연락처도 빨리!"

지후의 목소리가 사무실 무전기를 통해 다급하게 흘러나왔다. 서둘러 서류와 연락처를 가지고 내려온 현진도 눈앞에 벌어진 상황에 놀라 얼어붙었다.

"서류 주고 빨리 물건 주워 담아. 어서!"

현진에게서 서류를 건네받은 지후는 팔레트* 번호와 카톤* 번호를 비교하며 수량을 확인했다. 카톤당 내품(內品)

100개씩 포장되어 있었고, 충격으로 인해 카톤이 완전히 찢겨 내품이 쏟아진 것이 3카톤, 쏟아지지 않고 찌그러지기만 한 게 4카톤이었다. 다행히 바닥에 쏟아진 300개의 내품은 분실되지 않았으나, 파손 여부는 맨눈으로 확인하기 어려웠다. 지후는 곧장 민성찬에게 전화를 걸었다.

"물건이 지게차에서 떨어져 데미지가 발생했습니다."

"뭐? 누가 그런 거야?"

지후의 통화 내용을 듣던 구원만은 지후의 어깨를 두드리며 핸드폰을 내놓으라는 듯 손을 내밀었다.

"민 부장, 나, 구 전무야."

예상치 못한 원만의 목소리에 성찬은 당황했다. 구 전무가 차분하게 말했다.

"지금 누가 뭘 어떻게 한 게 중요한 게 아니잖아. 빨리 수습 먼저 해야 하지 않겠어? 현장은 내가 알아서 정리할 테니 민 부장은 업체에 설명이나 잘 해줘."

---

*팔레트(Pallet) : 물류 포장 단위 중, 국제 무역에서 가장 많이 볼 수 있는 포장재. 서류상의 표시는 PLT로 하게 되며 랩핑을 통해 쌓아 놓은 상자가 무너지지 않게 고정해야 한다. 팔레트는 받침대로 생각하면 쉽다.
*카톤(Carton) : 골판지 상자, 택배 종이 상자 등. CT나 CTN으로 표시하며 박스 외부에 바로 순 중량, 총중량, 박스 가로×세로×높이를 인쇄하는 경우가 많다. 수량이 많아지는 경우 분실의 위험도 있어서 박스 자체에 몇 번째 박스인지를 기재한다.

성찬의 마지못한 대답을 들은 원만은 지후에게 화살을 돌렸다.

"너는 그걸 나한테 허락도 안 받고 바로 영업사원한테 말하면 어떻게 해!"

현장에서 물건에 이상이 발생하면 담당 영업사원에게 알리는 것은 기본 절차였다. 하지만 원만은 자신의 허락을 받지 않았다는 이유로 지후에게 화를 냈다. 이는 용복의 실수를 덮고 싶어 하는 원만의 자기 보호 본능에서 나온 반응이었다. 다른 직원과 어울리지 못하고 물 위에 떠 있는 기름 같은 천용복이란 걸 구원만 또한 잘 알고 있었다. 이런 상황에서 업무상 실수로 회사에서 입방아 오르면 본인 입지에도 좋을 게 없었기에 그는 자신의 선에서 묻어 버리고 싶었던 셈이다.

"보험 처리하면 되잖아! 운송 보험 가입해 놨지?"

"FOB 조건\*이라 저희가 보험 가입하지 않았습니다. 게다가 귀책 사유가 저희에게 있어서, 보험 가입이 되어 있더라도 구상권이 청구될 겁니다."

---

\*FOB(Free On Board) 조건 : 본선인도조건. 운송하는 제품이 공항이나 항구에 도착하여 항공기 또는 선박에 탑재된 시점부터 발생하는 모든 비용에 대한 지급 의무가 수입자에게 있는 조건. 보험도 포함이다.

"구상권이 우리한테 청구되지 않게 보험 가입하면 되는 거 아니야!"

"FOB 조건에선 저희가 임의로 보험 가입을 할 수 없습니다."

FOB 조건이어도 수출지에서 보험 가입을 진행할 수는 있지만 수출, 수입자 간 사전 협의가 이뤄져야 했다. 심지어 이미 파손이 발생했고 귀책 사유 또한 KOR인터에 있어 이제 와 보험 가입해 구상권을 피해 가는 건 말이 안 되는 소리였다. 차분한 지후의 설명에도 원만은 분노 폭발했다.

"아, 이 새끼가 한 마디를 안 져! 네가 알아서 처리해, 이 새끼야."

화가 잔뜩 난 원만은 용복에게 다가가 고성을 지르며 화풀이했다. 용복은 고개를 숙인 채 죄송하다는 말만 반복했다.

지후는 해당 업체에 사태를 설명했고, 납기가 급한 상황이라 공장으로 반품할 시간이 없으니 우선 선적하고 현지에서 재검수하는 것으로 협의했다. 그때 발견되는 제품 불량에 대해서는 추후 다시 이야기하기로 마무리되었다.

한참을 용복에게 소리 지르던 원만은 씩씩거리며 간다

는 말 없이 자기 차에 올라탔다. 가뜩이나 지후가 공항 소장이라는 이상한 소문을 확인하기 위해 왔던 그였는데, 눈앞에서 벌어진 사고까지 더해져 그의 심기는 매우 불편해졌다. 용복이 벌인 사고의 수습을 빠르게 처리한 지후가 눈에 거슬렸고, 깔끔하게 정리된 상황에서 더 이상 뭐라 잡을 꼬투리가 보이지 않았다. 자존심이 심하게 상해버린 그의 입에서 욕이 튀어나왔다.

"쌍, 그 말이 사실이었네. 빌어먹을 새끼."

운전하는 그의 눈빛은 차갑고 날카로웠다.

## 10화. 운송 조건(Incoterms)

저녁 6시가 조금 넘은 시간, 퇴근도 잊은 채 사무실에 앉아 있던 지후는 몹시 불안했다. 한겨울로 접어든 인천공항에 윙윙 소리를 내며 불어오는 12월 공항의 칼바람은 불안한 지후의 마음을 더욱 뒤숭숭하게 만들었다.

낮에 발생한 파손 사고로 인해 화물들의 항공사 반입이 매우 늦어졌다. 결정적인 이유는 구원만이 천용복을 붙잡고 오랜 시간을 훈계하느라 일손이 부족해졌기 때문이다. 일손이 가장 필요한 시간에 천 소장을 묶어버린 탓에 급한 화물의 반입 시간이 훌쩍 지나버렸고, 결국 항공사로 출발하는 시간이 크게 지연됐다.

"차장님, 제발 도와주세요. 오늘 이거 안 되면 진짜 큰일

나요."

"나도 로드 마스터랑 통화를 해야 하는데, 아직 출근 전이래."

항공기에 탑재되는 화물을 총괄하는 로드 마스터(Load Master)는 가히 절대 권력이라 불렸다. 그날의 이 사람 기분에 따라 문제가 없던 화물도 탑재되지 않을 수 있었고, 어려운 상황에서도 선적이 가능한 예도 있었다. 지후가 아무리 상진에게 간청해도 그 역시 해당 항공편 로드 마스터의 승인을 받아야 했기에 당장 확실한 답을 줄 수 없어 답답해하긴 매한가지였다.

"선적 가능하대?"

지후에게 전화를 걸어온 성찬도 초조했다. 그는 사고를 업체에 보고하며 사과를 여러 차례 했고, 오늘 밤 책임지고 일정에 맞춰 선적할 것을 약속했지만, 상황은 최악이었다.

"이정수 대리님, 현재 상황 어떻게 됐나요?"

지후는 성찬과의 통화를 끊지 않은 채 무전으로 정수에게 물었다.

"아직 반입 못 들어갔습니다."

그 소리를 들은 성찬의 긴 한숨 소리가 수화기 너머로

들려왔다. 항공사 창고에 화물이 반입이라도 돼야 로드 마스터에게 사정이라도 할 수 있을 텐데, 아직 그조차도 이뤄지지 않았다. 이미 항공사 예약과에서는 선적해야 할 화물량이 스페이스보다 훨씬 많은 상태라는 말을 전해왔다. 일부 화물은 오늘 비행기에 실리지 못할 가능성이 크다는 이야기였다. 지금 상황으로는 지후의 화물이 그 대상이 될 확률이 가장 커 보였다.

"지후야, 한 번만 살려줘라. 그만 사과하고 싶다."

성찬이 지친 목소리로 지후에게 거의 사정하다시피 했다. 그사이 정수로부터 겨우 물건이 반입됐다는 무전이 왔다. 이제 남은 건 로드 마스터를 어떻게든 구워삶는 일이었다.

조금 후 상진으로부터 연락이 왔다.

"퇴근 시간에 자꾸 일을 시켜. 힘들어 죽겠어, 아주."

투정 섞인 말투로 봐서 로드 마스터와의 이야기가 그럭저럭 잘 풀린 듯했다.

"최대한 해보겠다고 하니까 한 번 지켜보자고요. 나도 계속 확인할 테니."

할 수 있는 조치는 모두 취했다. 이제는 로드 마스터의 손에 모든 것이 달렸다. 스페이스 상황도 좋지 않은데, 더 이상 압박을 가하면 오히려 역효과가 날 수 있었다.

그날 밤 11시가 조금 넘은 시각, 지후는 성찬에게 문자 메시지를 보냈다.

[선적되어 출발 확인했습니다.]

그제야 긴장이 풀렸다. 몸살이 오는 것처럼 온몸이 아프고, 머리가 지끈거렸다. 이불 속으로 파고들자마자 지후는 이내 잠에 빠졌다. 그것은 잠인지 기절인지 모를 정도로 깊은 잠이었다.

◼◼◼◼

그 후로 며칠이 지났다. 머리끝까지 화가 나서 떠났던 구원만은 그 이후로 공항에 연락 한 통 없었고 조용했다. 지후는 그런 조용함이 오히려 더 불안했다. 작은 꼬투리 하나도 어떻게든 잡고 늘어지는 사람이 이렇게 조용하다는 것은, 뭔가 큰일을 꾸미고 있을 것만 같았기 때문이다.

"과장님, 큰일 난 것 같아요."

불안한 나날을 보내던 지후에게 현진의 목소리가 떨리며 들려왔다. 지후가 수신된 메일을 확인하면서 표정이 급격히 어두워졌다.

"운임 조건이 뭐였지?"

"EXW 조건이요."

"그런데 현지 확인도 안 하고 진행한 거야?"

"화주가 그냥 보내면 된다고 해서요…"

EXW(Ex-Works) 조건은 물건이 공장에서 출하되는 순간부터 수입자 측에서 운송비와 관련된 모든 비용을 부담하는 조건이다. 이런 경우, 수입자가 사용하고 싶은 포워딩 업체를 지정하는 것이 일반적이다. 간혹 화주가 이 조건을 잘 이해하지 못하는 경우가 있어, 진행 전에 수입국의 파트너를 통해 지정된 포워더의 유무를 확인하는 것이 필수적이다. 그러나 윤현진 계장은 화주가 진행해 달라는 말만 듣고 현지 확인 없이 바로 선적을 진행했다. 그 결과, 수입자 측에서 보낸 메일에는 자신들이 이미 사용 중인 지정 포워더가 있음에도 왜 임의로 진행했느냐는 컴플레인이 담겨 있었다. 게다가 해당 운송 비용을 낼 수 없다는 내용까지 포함되어 있었다.

"큰일 났네."

"…죄송합니다."

받아야 할 금액은 천만 원이 넘었다. 지후는 현진에게 우선 화주에게 상황을 설명하고, 도움을 청해보라고 지시했다. 본사에 바로 보고하면 구 전무가 꼬투리를 잡을 게 뻔했기 때문이다.

"아, 그런가요? 그게 뭐라고 그렇게 깐깐하게 구는지… 알겠어요, 제가 한 번 연락해 보죠."

현진이 어렵게 꺼낸 말과는 달리, 화주 담당자는 너무도 쉽게 응답했다. 그래도 도와주겠다는 말은 반갑고 다행스러웠다. 어떤 화주는 이런 문제가 생기면 자신들과는 상관없는 일이라며 전화를 끊어버리기도 했다. 화물은 이미 자신들의 손을 떠났으니, 책임이 없다는 식이었다. 그리고 기본적으로 화주를 번거롭게 하면 안 된다는 의식이 박혀 있어서, 이런 일로 귀찮게 했다는 생각만으로도 마음이 무거워졌다.

잠시 후, 화주로부터 다시 연락이 왔다.

"수입한 애들이 저한테도 컴플레인을 하긴 하는데, 요점은 이거예요. 지금 청구된 항공 운임이 자기네 업체를 이용했을 때보다 비싸다는 거죠. 지금 요율에서 킬로그램당 30센트만 깎아주면 그걸로 정리하겠대요."

지후는 빠르게 계산기를 두드렸다. 요청받은 운임대로 정리하면 손익이 어떻게 되는지 따져봐야 했다. 다행히 큰 손실은 없었다. 지후는 승인 신호를 보냈고, 현진은 감사

인사를 거듭하며 통화를 마무리했다. 이후 수정된 요율로 청구서를 현지에 보내고, 최종 승인까지 확인받았다. 계약 문제가 아니라 가격 문제로 마무리된 것은 다행이었다. 더 큰 갈등으로 번질 수도 있었기 때문이다.

현지 문제는 해결됐지만, 지후의 고민은 여전했다. kg당 30센트를 깎아주면서 급한 불은 껐지만, 수익 보고서에는 마이너스가 찍혔다. 이 마이너스를 플러스로 바꾸려면 지출을 줄이는 수밖에 없었다.

"이번 건에서 콘솔사는 어디 썼지?"

"우리콘솔입니다."

EXW 조건으로 제품 픽업부터 수출 통관까지 모든 절차를 진행했지만, 청구된 금액과 지출할 비용 간의 차이가 거의 없었다. 게다가 용차 비용이나 통관 비용을 네고할 여유도 없었다. 남은 건 항공 운임을 네고하는 것뿐이었다.

현진이 이 제품을 선적하기 위해 예약한 곳은 우리콘솔이었고, 지후는 곧바로 채린에게 전화를 걸었다.

"채린 과장님 지금 외근 중이세요."

하지만 전화를 받은 이는 채린이 아닌 다른 직원이었다. 외근을 나간 건지 채린은 오랜 시간 자리에 돌아오지 않았다. 자칫 진 차장이 실적이라도 뽑아 보면 상황이 곤란해질 터였다. 진을도에게는 항공사 영업사원이 붙여준 별명이 있었다.

'보생보사'

보고에 살고 보고에 죽는다는 뜻으로, 그 별명은 을도가 자리에 없을 때만 슬쩍 사용되었다. 만약 그가 실적을 추궁하기 시작하면 이는 곧바로 구원만에게 보고될 일이었다.

"남채린… 어디 간 거야."

지후의 마음이 초조해지던 그때, 사무실 문이 조용히 열렸다. 익숙한 얼굴이 사무실 안으로 살짝 들어왔다.

"이지후!"

마치 구세주라도 만난 듯 지후의 얼굴이 환해졌다.

"남채린!"

"이 누나가 위문 차 왔다! 미리 메리 크리스마스!"

한 손에는 롤케이크 상자, 다른 한 손에는 커피 캐리어를 들고 그녀가 살며시 흔들어 보였다.

"채린아, 우리 100원만 깎아줘."

"뭐…? 뭐라고?"

"아니, 엊그제 현진이가 진행했던 건데, 그거 100원만,

아니 50원만 깎아줘."

"그게 무슨 소리야? 몇 달 만에 만나서 한다는 첫 마디가 깎아 달라는 거야?"

어이없어하는 채린에게 현진이 간절함을 담은 눈동자로 부추겼다. 항공 운임은 중량(kg)당 요율이 적용되므로, 중량이 큰 화물에서는 50원이 결코 작은 숫자가 아니었다.

"제발, 부탁드리겠습니다. 과장님."

"현진 계장님, 사고 쳤구나?"

금방이라도 울 것 같은 눈빛을 보낸 현진은 고개를 크게 끄덕였다.

"100원이면 돼?"

다시 한번 우수에 찬 눈으로 크게 고개를 끄덕이는 현진이 입가에 미소를 머금었다.

"우선 그렇게 정리해 놔. 내가 사무실 가서 한 번 더 볼게."

"완전! 내 구세주야. 고마워, 채린아."

업무 시간에 짬을 내어 외근 중에 잠시 들린 터라 채린은 오래 앉아 있을 수 없었다. 두 사람은 그간 밀린 수다를 털어놓기엔 너무 짧은 시간을 보냈고, 채린은 아쉬움을 남기며 사무실을 떠났다. 떠나는 채린을 향해 현진은 양팔로 커다란 하트를 만들어 보이며 감사 인사를 전했다.

채린을 잠시 만난 것만으로도 지후는 그동안 쌓였던 스트레스가 확 풀리는 기분이었다. 공항에 찾아오겠다는 약속을 지킨 채린이 너무도 고마웠다. 하지만 다시 떠나는 그녀를 보는 건 정말이지 쉽지 않았다. 언제 다시 만날지 모를 기약 없는 이별처럼 느껴졌고, 그 순간만큼은 공항에서 일하는 자신이 싫었다.

채린을 만난 뒤 마음이 뒤숭숭해진 지후는 오후가 어떻게 지나가는지 모르게 멍하니 모니터를 바라보았다. 그러다 전화벨이 울리기 전까지 말이다.

"지후야! 나 복귀했어."

사무실로 돌아온 채린에게서 온 전화였다.

"아까 말한 그 건 말이야. 다행히 그날 콘솔 작업이 잘됐어. 이 누나가 쿨하게 150원 깎아줄게! 이러면 좀 도움이 되겠지?"

"남채린, 진짜, 완전, 정말 최고야!"

"앞으로 나오는 화물도 많이 부탁해."

"당연하지."

"정말 감사합니다, 과장님!"

옆에서 듣고 있던 현진의 외침과 수화기 너머로 들려오

는 채린의 웃음소리가 마냥 좋았다. 덕분에 더 이상 문제가 되지 않을 숫자가 만들어졌고, 현진은 안도의 한숨을 길게 내쉬었다.

"다행이다. 다음에는 이런 실수 절대 하면 안 돼!"

"아휴, 피가 마르는 기분이었습니다."

이 경험은 현진에게도 좋은 교훈이 되었을 것이다. 지후는 앞으로는 그가 이런 실수를 반복하지 않을 거라 믿었다.

"사무실, 이 과장님."

그렇게 안도하던 것도 잠시, 창고에 있는 정수의 낮은 목소리가 무전기를 통해 들려왔다. 목소리 톤만으로도 또 무슨 일이 생긴 게 분명했다.

## 11화. 프로젝트

 퇴근 후 집으로 가던 지후는 가는 길에 보이는 어느 쇼핑몰로 발길을 돌렸다. 왜 그곳으로 향했는지 이유는 없었다. 그저 집으로 바로 가는 것이 싫었다. 오늘따라 하루 종일 무언가가 가슴을 짓누르는 듯한 답답함이 가시질 않았다. 그 상태로 아무도 없는 집에 들어가면 미칠 것만 같았다.
 "과장님, 혹시 크리스마스에 약속 있으세요?"
 쭈뼛거리며 말을 거는 현진의 표정만 봐도 무슨 말을 하려는지 뻔히 보였다.
 "바꿔 줄 테니까, 데이트 잘해."
 당직 근무 순번이었던 현진은 얼마 전 생긴 여자 친구와 첫 크리스마스를 함께 보내지 못한다는 것에 마음이 무거웠다. 하지만 지후에게 당직을 대신 부탁하는 것 또한 쉽지 않았을 터였다. 그러나 지후는 그런 현진의 마음을 이미 알고 있었기에 말이 나오기도 전에 바꿔 주려 하던 참이었다. 달리 특별한 계획도 없고, 만날 사람도 없는 지후는 크리스마스에 혼자 집에 있는 것보다 오히려 회사에서 일하는 것이 더 나은 선택이라 여겼다.

쇼핑몰로 향하는 동안 겨울의 찬 바람이 스쳐 지나가며 지후의 몸을 움츠리게 했다. 이유 모를 답답함과 짜증이 몰려와 금방이라도 눈물이 터질 것 같았지만, 겨우 감정을 추스르고 건물 안으로 들어섰다.

크리스마스가 다가온 쇼핑몰은 화려한 장식으로 가득했다. 중앙에 자리한 대형 트리는 반짝이는 전구를 달고 사람들의 시선을 끌고 있었다. 트리 아래를 지나는 사람들은 밝은 표정을 짓고, 트리를 배경으로 사진을 찍으며 추억을 남겼다. 그 속에서 지후는 여전히 혼자였다.

어디로 가야 할지, 무엇을 해야 할지 뚜렷한 목적 없이 들어온 쇼핑몰에서, 지후는 트리 아래 벤치에 앉아 지나가는 사람들을 무표정하게 바라보았다. 연인들의 다정한 모습, 팔짱을 끼고 아이를 사랑스럽게 바라보는 부부, 선물을 고르고 만족스러운 미소를 짓는 사람들. 그 속에서 지후는 마치 성냥팔이 소녀처럼 외로웠다. 남들에게는 따뜻하게 느껴지는 온기가 자신에게는 전혀 느껴지지 않았다. 그저 차갑기만 한 기운이 맴돌았다.

만약 손에 성냥팔이 소녀의 성냥이 있다면, 불을 켜면 무엇이 보일까? 사랑하는 사람과 함께 웃고 있을 자신일까, 아니면 건강한 모습으로 밥을 차려주던 어머니의 모습일까?

그 모든 것은 그저 상상일 뿐, 현실은 크리스마스의 따스한 풍경이 아닌 쓸쓸함과 서글픔으로 밀려왔다. 더 이상 자리에 앉아 있을 수 없던 지후는 사람들의 시선이 두려워 고개를 숙인 채 서둘러 자리를 떠났다.

■■■■

다음 날 아침, 지후의 사무실 전화가 일찍부터 울렸다. 대만에 있는 파트너사 수입 담당자 제프의 전화였다.

"아침 일찍 전화해서 미안해요. 그런데 너무 속상해서 어제 밤새 잠도 못 자고 한국 시각 9시 되기만 기다렸어요."

제프의 목소리에는 기운이 하나도 없었다. 최근 지후와 제프는 대만의 한 건설회사 프로젝트를 따내기 위해 지속해서 연락을 주고받고 있었다. 대만에 건설 예정인 핵발전소 자재 중 한국에서 발주된 물량을 수주하는 것. 그 물량은 어마어마했다. 다음 주에 업체가 선정되면 초도 물량이 선적될 예정이었다. 지후만큼이나 제프도 이 물량을 따내고 싶은 마음이 간절했다.

"언제든 전화 줘도 돼요. 그런데 목소리가 좋지 않네요? 무슨 일 있나요?"

"얼마 전까지만 해도 거의 우리 쪽으로 기울었던 거 지후도 알죠?"

사실이었다. 제프는 이미 수입업체와 계약 도장을 찍고 한국으로 와서 지후와 최종 미팅을 할 계획까지 세워두었다. 하지만 일이 그렇게 호락호락하지 않았다.

"어제 다른 경쟁업체가 입찰에 들어왔어요. 그런데 조건이 말도 안 돼요. 대만 쪽 비용은 우리가 어떻게 맞춰볼 수 있지만, 지금 가장 큰 문제는 항공 운임이에요. 그동안 지후가 최선을 다해 공격적인 운임을 제시해 준 걸 알지만, 이번에 나온 업체의 운임은 도저히 맞출 수 없을 것 같아요. 밤새도록 생각했는데 지금보다 더 무리해서 수주를 따

낸다 해도 우리도 그렇고 KOR인터도 손해를 감수하면서 이 일을 해야 할까 싶어요. 지후 의견도 듣고 싶어서 이렇게 전화했어요. 제 의견은 포기하는 게 나을 것 같아요. 이미 너무 지쳤어요."

인천에서 대만 타이베이로 향하는 화물기는 극히 한정적이다. 미국에 본사를 둔 P사의 화물기가 거의 독점하고 있어 가격 경쟁이 거의 없다시피 해서 부르는 게 값인 상황이었다. 특송 화물을 주로 다루는 U사도 있었지만, 그들의 화물은 자사 화물이 우선 탑재되기에 스페이스 확보가 거의 불가능했다. 이쯤 되면 다른 국가를 거쳐 운송하는 방법도 고려할 만했지만, 일본에 본사를 둔 N항공의 경우, 대만으로 가는 화물기가 B767F 기종으로, 상대적으로 작은 기종을 사용하고 있었다. 일반적으로 대형 화물기는 B747F나 B777F 같은 기종으로, B767F보다 30~40톤 정도 더 많은 중량을 탑재할 수 있다. 발전소 건설 자재들은 크기와 무게가 상당해서 B767F 기종에는 탑재 자체가 어려웠고, 항공 운임도 받을 수 없는 상황이었다.

지후도 최선을 다했지만, 상황이 녹록지 않았다. 그렇지만 이대로 포기하기엔 너무 아쉬웠다.

"조금만 시간을 주세요. 한 번 더 방법을 찾아보고 연락할게요. 아직 포기하지 맙시다."

"알았어요. 긍정적인 답변 기다릴게요."

제프는 힘없는 목소리로 대답한 뒤 전화를 끊었다.

머리가 지끈거리기 시작한 지후는 핸드폰에서 연락처를 뒤지기 시작했다. 오랫동안 연락하지 않은 탓에 이름을 어떻게 저장했는지도 기억나지 않았다. 중국 항공사의 화물 스페이스를 관리하는 GSA(General Sales Agent) 김주헌 차장. 외국 항공사의 경우, 한국에서 직접 영업하지 못하면 GSA와 계약을 맺어 영업을 대행하게 한다. 일종의 화물 버전 여행사와 비슷한 개념이다. GSA는 한 항공사뿐 아니라 여러 외국 항공사와 계약을 맺어 다방면으로 수익을 도모한다. 주헌이 속한 청한항공도 여러 국가 항공사와 계약해 포워딩 업체를 상대로 영업하는 회사였다.

"차장님, 오랜만에 연락드립니다."

꽤 오랜 시간이 흘러 연락했지만, 주헌의 목소리는 상당히 밝았다. 마치 언제 연락이 오나 기다렸다는 듯이 그는 반가운 목소리로 전화를 받았다. 지후는 그저 감사할 따름이었다.

"대만으로 보내야 하는 화물인데, 사이즈가 매우 커서 좀 안 좋아요. 신규 프로젝트를 수주해야 하는 상황인데,

차장님 도움이 필요합니다."

화물의 상세 정보를 들은 주헌의 목소리가 차분하게 가라앉았다.

"쉽진 않을 거 같은데 한 번 확인해 보고 연락드릴게요."

바로 확답을 주기엔 다소 무리가 있는 화물이었기에 주헌도 쉽게 답을 내리지 못했다. 지후 역시 예상했던 부분이라, 기다리겠다고 답한 후 통화를 끝냈다.

그 후로도 지후는 대만을 운항하는 다른 항공사들을 물색했지만, 뚜렷한 방도가 없었다. 시간이 흐를수록 지후의 마음은 더욱 초조해졌고, 머리는 터질 듯 복잡해져만 갔다.

얼마의 시간이 흘렀을까, 진동과 함께 핸드폰 화면에 주헌의 이름이 떴다.

"사이즈가 너무 커서 피벗을 적용해야 한다고 하네요. 가격은 어느 정도 맞출 수 있는데, 피벗이 참…"

화물이 항공기에 탑재될 때, 그 화물로 인해 다른 화물의 공간을 채우지 못하거나, 화물 상단이나 측면의 공간을 활용하지 못하면, 항공사는 피벗이라는 이름으로 해당 화물을 몇 kg으로 적용해야 하는지 중량을 계산한다. 이는 항공사가 손실된 공간에 대한 운임을 보상받기 위함이다.

예를 들어, 실제 화물 중량이 500kg이라고 해도, 항공사가 피벗 중량을 1,500kg으로 책정하면, 1,500kg의 운임을 내야 한다.

현재 상황도 비슷했다. 운임 단가는 매력적이었지만, 피벗 중량으로 인해 최종 운임이 비싸지면서 경쟁력을 잃어가고 있었다. 지후의 입에서 안타까운 탄식이 흘러나왔고, 그 소리는 그대로 주헌에게도 전해졌다.

"차장님, 이번 건 잘되면 물량 전부 몰아드릴게요. 이 물량이 만만치 않다는 거 차장님도 감 오시잖아요."

"잠깐만 기다려 주세요. 제가 다시 본사와 확인하고 연락드릴게요."

주헌도 머릿속이 복잡해 보였다. 중국에 본사를 둔 C 항공사. 가격은 매력적이지만, 시도 때도 없이 피벗을 불러 댔다. 1차 출고된 화물의 중량은 20톤. 항공으로는 꽤 큰 물량이었고, 포장된 화물의 부피도 상당했다. 부피로 계산한 중량은 20톤에 미치지 못했지만, 주헌이 언급한 피벗 중량은 28톤이었다. 실제 중량보다 8톤이 더 적용되어 선적할 수 있었다. 저렴한 항공 운임이라 해도, 28톤을 적용하면 더 이상 저렴하다고 할 수 없는 가격이었다. 지후는 계속해서 물량 유치를 강조하며 주헌을 설득했다. 그 사이 대만에 있는 제프에게도 몇 번의 전화가 왔다. 제프는 지후에게 일말의 기대를 걸고 있었고, 지후의 목소리에는 조바심이 묻어났다. 이제 더 알아볼 곳도 없었다.

"겨우 설득해서 피벗은 적용하지 않기로 했는데, 가격이 조금 올랐어요. 그리고 상하이에서 연결하는 일정은 원샷이 어려워 두세 번에 나눠서 진행해야 할 것 같아요."

어렵사리 얻은 항공 운임을 바탕으로 지후는 다시 계산기를 두드렸다. 작은 희망이 생겼다. 이윤은 최소한으로 조정했다. 큰 이익을 남기려는 마음은 이미 오래전에 버렸다. 소탐대실하지 않겠다는 생각으로, 오로지 프로젝트 유치에만 집중했다. 제프에게서 받은 대만에서의 판매 목표 가격도 알고 있었기에, 최선의 가격을 찾기 위해 계산기를 두드리는 지후의 손놀림이 빨라졌다.

"잘하면 한 번 해볼 만하겠는데?"

최종 수정된 견적서를 메일로 보낸 지 얼마 지나지 않아, 제프에게서 수주 확정 메시지가 도착했다. 지후의 입에서 안도의 탄성과 함께 환호가 터져 나왔다. 그렇게 지후의 노력과 제프의 인내심 덕분에 대만 발전소 건설 자재 운송 프로젝트가 본격적으로 시작되었다.

며칠 뒤, 제프는 그의 사장 에릭과 함께 한국에 도착했다. 제프의 한국 방문을 보고한 지후는 이날 본사로 출근했다. 오랜만에 본 민 부장과 나 부장은 반갑게 지후를 맞이했다. 하지만 구 전무의 방은 여전히 굳게 닫혀 있었다.

회의실에 모두 모인 자리에서, 에릭은 지후에 대한 칭찬을 아끼지 않았다.

"제프가 지후에게 정말 고마워하고 있어요. 제프 본인도 거의 포기했던 이번 프로젝트를 지후가 끝까지 붙잡아서 수주에 성공했어요. 지후가 없었으면 이번 프로젝트는 우리가 따내지 못했을 겁니다. 저 역시 지후에게 감사의 인사를 드리고 싶군요."

회의실 분위기는 시종일관 화기애애했다. 채이수 사장 역시 만족스러운 미소가 얼굴에서 떠나질 않았다.

"저희가 정말 고마워서 작은 성의 표시하려 합니다."

에릭은 가방에서 두 개의 서류를 꺼냈다. 하나는 지후가 수주한 발전소 자재 운송 계약서였고, 나머지 하나는 경상남도 사천에 있는 항공기 부품 납품 업체에 대한 운송 계약서였다. 대만 내에서 자체적으로 영업한 업체를 KOR인터와 연결해 준 것이었다. 이로써 지후는 회사의 수익은 물론, 파트너와의 관계 강화에도 크게 기여하게 되었다.

같은 시각, 전무실에서는 구 전무와 공효승 상무가 마주

앉아 있었다.

"이 과장이 또 한 건 했네요."

원만의 표정은 매우 불편해 보였다. 어떻게든 끌어 내리고 싶은 존재가 자꾸만 회사에 이로운 성과를 계속 내고 있다는 사실은 구 전무에게 여간 짜증 나는 일이 아니었다.

"무슨 대단한 일이라도 한 것처럼 구네. 누구나 다 저 정도는 할 수 있지. 안 그러겠어? 물량도 많은데 누가 안 달라붙어서 하겠냐고. 그냥 저건 재수가 좋았던 거야."

"전무님 말씀을 들으니, 그렇게 보이기도 하네요."

"지가 뭐 얼마나 잘났다고. 팀장도 아닌 주제에. 쯧."

원만의 차가운 눈빛이 그의 불편한 마음을 고스란히 드러냈다. 그 눈빛을 본 효승도 기분이 편치 않았다. 원만은 지후를 업무적인 이유가 아닌 단순히 마음에 들지 않는다는 이유로 내치려 하는 듯 보였고, 그런 모습은 성숙한 리더의 모습이라기보다는 어린아이가 떼쓰는 것처럼 보였다. 하지만 효승은 자기 자리를 지켜야 했기 때문에 내키지 않아도 자신보다 윗사람인 원만의 편에 서 있었다. 그는 그저 앞으로 원만이 지후를 어떻게 괴롭히게 될지를 지켜보며, 상황이 흘러가는 방향에 따라 행동할 생각이었다.

[옥상 콜?]

계약서에 서명을 마친 에릭과 제프는 기쁜 마음으로 미팅을 마무리하고, 다음 거래처 미팅을 위해 자리에서 일어났다. 지후도 공항으로 돌아가기 전, 사람들과 인사를 마치고 회사를 나서며 채린에게 메시지를 보냈다.

"너 본사 왔어?"

지후의 메시지에 채린이 곧장 전화를 걸었다. 잠시 후, 두 사람은 회사 아래에 있는 한 카페에서 만났다. 원래대로라면 채린이 타주는 믹스커피를 마시며 옥상에서 시간을 보내고 싶었지만, 추운 겨울바람 때문에 카페로 들어왔다.

"수족냉증도 있으면서 아이스커피를?"

"얼죽아라고!"

손발이 시려 자다가도 자주 깬다고 하면서도, 추운 겨울에 차가운 아이스커피를 마시는 채린이 걱정스러운 지후였다. 하지만 '얼어 죽어도 아이스'라는 채린의 고집을 꺾을 수는 없었다.

"크리스마스 잘 보내."

지후가 주머니에서 작은 상자 하나를 꺼냈다. 립스틱이었다. 쇼핑몰에 들렀을 때, 문득 채린이 했던 말이 떠올라

사둔 것이었다. 언제 전해줄 기회가 있을지 모르던 차에, 본사에 오게 된 것이 다행이었다. 크리스마스 전에 선물을 줄 수 있어 지후는 안도했다.

"미리 온다고 말해줬으면 나도 뭔가 준비했을 텐데…"

립스틱을 받은 채린의 얼굴에는 기쁨과 아쉬움이 교차했다.

"이렇게 얼굴 보는 것만으로도 선물이야."

지후의 환한 미소를 본 채린도 그를 따라 환하게 웃었다. 오랜만에 채린을 만나니, 지후의 마음속에 쌓여있던 무거운 감정들이 한결 가벼워지는 느낌이었다.

## 12화. 새로운 얼굴

새해가 밝았다.

매년 1월 첫 출근일에는 시무식이 있었다. 시무식에서는 항상 진급자 발표가 있었지만, 올해도 어김없이 진급자는 없었다.

"내년에는 더 많은 분이 진급할 수 있도록, 올 한 해는 더욱 분발해 주시길 바랍니다."

작년 시무식 때와 똑같은 말을 또 듣게 될 줄은 그 누구도 예상하지 못했을 것이다. 지후가 느낀 실망감도 컸지만, 이 순간 가장 실망한 사람은 진을도였다.

나중에 알게 된 사실이지만, 원만은 을도의 진급을 전폭적으로 추천했다고 한다. 아무래도 자신의 명령에 절대적으로 충성하는 을도가 더 높은 자리로 올라가길 원만은 간절히 원했을 것이다. 하지만 채진범 회장은 을도의 진급을 완강히 거부했다. 아무리 주간 실적 회의가 있는 월요일에만 나오던 그라도 회사가 돌아가는 사정을 모르지 않았다. 본인이 직접 설립하고 일궈온 회사에 대한 애착이 남달랐던 채 회장은 뚜렷한 성과를 내지 못한 사람이 승진하는 걸 원치 않았다. 회사를 위해 헌신하고, 남의 눈치를 보지 않으며 묵묵히 맡은 일을 잘하는 직원을 아꼈다. 그리고 언제부턴가 진범은 원만을 유심히 지켜보기 시작했다. 자꾸만 들려오는 회사 내 불만 사항들, 그리고 사실인지 거짓인지 모르는 불분명한 여러 이야기 때문이었다.

"아이 씨."

평소 감정을 잘 드러내지 않던 을도는 화장실에 혼자 들어가 조용히 욕을 뱉었다. 잔뜩 화가 나 있었지만, 그마저도 누가 들을까 조심스럽게 속삭이듯 말했다.

"열 받죠? 화날 거야. 그런데, 열 받으면 그냥 시원하게 터뜨리세요. 옥상에 가서 소리라도 지르던가. 아니면 남자답게 한 번 들이받던가! 그게 뭐예요? 남이 들을까 무서워서 혼자 속으로 삭히기나 하고."

화장실 안쪽에서 성찬이 나왔다. 을도가 욕하는 것을 다

듣고 있었지만, 그가 오죽 속상할까 싶어 동정심도 들었다. 그렇지만 그 순간마저 눈치 보며 마음껏 화도 내지 못하는 을도의 모습은 또 한편으로 못 볼 꼴이었다. 성찬은 마초적인 성향이 강해서 속에 쌓아 두는 것을 매우 싫어했다.

그는 을도가 회장님의 눈 밖에 난 이유와, 지후와 자주 부딪히는 이유도 이미 잘 알고 있었다. 성찬은 한 번도 을도의 편을 들지 않았다. 아무리 다양한 사람을 만나며 온갖 비위를 맞춰온 그였어도 성향이 너무나 다른 사람을 옹호하기 어려웠다. 지후에게 소리를 높였던 것도 지후가 위태롭게 선을 넘나들었기 때문이지, 진을도 편이어서가 아니었다. 두 사람이 일을 대하는 방식만 봐도 차이는 극명했다. 어려운 일은 피하려고만 하고 안 된다고 잘라 말하는 사람과, 어렵더라도 어떻게든 해보겠다고 나서는 사람은 대화의 질부터가 달랐다. 그리고 결국, 그 어렵다고 생각했던 일들을 누구는 항상 끝까지 해냈다.

화주들 역시 자신들이 요청하는 일이 때로는 무모할 수 있다는 것을 알고 있다. 그럼에도 성찬에게 부탁한다는 건, 그 담당자 또한 지푸라기라도 잡는 심정처럼 절박하다는 의미다. 만약 그 요구가 도저히 이룰 수 없는 것이었다면 민성찬 선에서 거절했겠지만, 아주 낮은 가능성이라도 있다고 판단되면 그는 직원들에게 부탁 아닌 부탁을 해왔다. 항상 돌아오는 답변은 성찬의 예상을 크게 벗어나지 않았다.

성찬은 지후와 꽤 잘 맞는다고 생각했다. 내심 지후가 이번에 진급하여 진을도와는 별개로 항공 수출부 팀장으로 올라가길 바랐다. 항공 수출 업무에서 지후의 역량은 성찬도 인정하고 있었고, 때때로 보이는 지후의 도전적 모험심은 자신의 성향과도 잘 맞았다. 그래서 이수에게 지후의 진급을 추천했지만, 이번에도 원만에게 막히고 말았다. 마음 같아서는 자신도 속 시원하게 욕을 쏟아내고 싶었.

"다음 주부터 새로 뽑은 영업사원이 출근하는데 잘 부탁해요. 영업 메인이 항공 수입이래요. 어지간히 물량 되는 모양이던데, 손발 잘 맞춰서 한번 잘 해봐요. 혹시 알아요? 항공 수입 물량이 눈에 띄게 늘어서 수익 구조만 개선되면 부장 달아 줄지?"

비록 직급은 아래였지만, 을도가 성찬보다 업계 경력도 길고 나이도 많았기에, 성찬은 을도에게 꼬박꼬박 존댓말을 사용했다. 나름 나이 많은 사람에 대한 예의를 갖춘 것이었지만, 성찬도 이런 상황이 불편하기는 마찬가지였다.

아무리 직급이 우선이라 해도, 나이를 완전히 무시할 수는 없었다.

일주일이 순식간에 지나가고, 두 명의 새로운 영업사원이 회사에 출근했다. 그들 중 한 명은 차장, 다른 한 명은 과장 직급이었다. 과장으로 입사한 직원은 정돈이 필요해 보이는 더벅머리에 검은색 뿔테 안경을 썼고, 안경 너머로 보이는 눈은 옆으로 가늘게 찢어져 있었다. 안경 도수도 꽤 높아 보였으나 그것만으로는 부족한 듯, 무언가를 바라볼 때면 미간을 좁히며 초점을 맞추는 모습이 자주 보였다. 또한, 말할 때 한쪽 입꼬리가 먼저 올라가는 부자연스러운 입 모양 때문에 은연중에 사람을 무시하는 인상을 주었고, 입을 작게 벌려 웅얼거리듯 말하는 습관이 있어 듣는 사람이 답답함을 느낄 정도였다. 그의 이름은 장길창, 나이는 지후보다 두 살 많았다. 구원만 전무의 독단으로 입사하게 되어, 영업부에서 면접을 진행하지 못했다. 민성찬 부장과 나태섭 부장은 그 점을 매우 불쾌하게 여겼다.

관리부를 통해 어렵게 전달받은 이력서를 살펴보니, 장길창의 영업 경력은 전무했고, 동종 업계에서 일했으나 한 회사에서 2년 이상을 꾸준히 근무한 적이 없었다. 10년이 채 되지 않는 경력 동안 무려 일곱 번이나 이직했고, 어떤 회사에서는 3개월도 채우지 못한 기록도 있었다. 가장 최근에 있었던 회사는 원만이 이곳에 오기 전에 근무했던 바로 그 회사였다. 출근 첫날부터 점심시간이 다가올 때까지 전무실에서 나오지 않은 것도 이런 배경 때문이었다.

일반적인 상황이라면 이력서 단계에서 탈락해야 했을 인물이 서류부터 면접까지 프리패스로 입사한 것은 명백히 구원만의 낙하산 채용이었다. 그리고 또 다른 한 사람, 차장으로 입사한 정숙현은 전혀 다른 인물이었다. 그녀는 아담한 체구에 단발머리가 잘 어울리는 깔끔한 외모를 지녔다. 업계 경력은 20년이 넘었고, 이번 이직이 그녀의 첫 이직이었다. 업무부에서의 근무 경험이 길었고, 영업 부서로 옮긴 후에도 두드러진 성과를 보였다. 특히 항공 수입 분야에서의 실적이 눈에 띄었으며, 이직 전부터 이미 KOR인터에 본인의 메일 계정을 만들어 두고 기존에 관리하던 대부분의 거래처를 지금의 회사로 옮겨오는 작업을 마친 상태였다. 그녀의 능숙한 영업 대처에 모두가 감탄했다. 안경 너머로 보이는 숙현의 눈빛에는 강한 자신감과 승부사의 기질이 엿보였다.

영업사원이 이직할 때 가장 어려운 부분 중 하나는 기존 거래처를 자신과 함께 움직이게 하는 일이다. 대체로 화주들은 정 때문에 처음에는 함께하겠다고 약속하지만, 막상 회사 구조나 여러 복합적인 사유로 인해 끝내 그 약속을 지키지 못하는 경우가 많다. 영업사원은 그런 약속을 믿고 이직하지만, 이후 현실의 벽에 부딪혀 실망하는 경우가 적지 않다. 결국 회사는 더 이상 그를 품어주지 못하게 되고, 영업사원은 거래처와 직장 모두를 잃은 채 다른 일을 찾아야 하는 상황에 놓인다. 이런 현실에서 경력직 영업사원의 이직은 하늘의 별 따기와 같았다. 하지만 숙현은 심지어 이미 일주일 전부터 이곳에서 자신의 업무를 완벽히 진행하고 있었다. 성찬과 태섭은 그런 그녀의 모습에 만족했지만, 동시에 약간의 두려움도 느꼈다. 일을 잘하는 사람은 스스로 자기의 능력을 잘 알고 있기에, 가끔 회사의 의도와 엇나가는 경우가 있기 때문이었다. 다만 그런 일이 일어나지 않기를 바랄 뿐이었다. 다행히도 두 부장의 염려와는 달리, 숙현은 밝은 성격으로 직원들과 원활히 소통하며 이미 회사에 잘 융화되고 있었다.

어느 날, 숙현과 길창은 원만과 함께 공항으로 향했다. 새로 입사한 직원이 있으면 공항 사무소를 방문하는 것은 일종의 관례였다. 보통은 영업부에서 차량을 운행하며 성찬이나 태섭이 동행하는 게 일반적이었지만, 이번에는 원만이 굳이 자신이 가겠다고 나섰다. 누구나 장길창 때문이라는 것을 짐작하고 있었다. 공항 상황을 정탐하려는 의도도 분명해 보였다. 공항으로 가는 길 내내 원만과 길창은 앞자리에 나란히 앉아 대화를 나눴다. 숙현은 그 대화에 굳이 끼어들지 않고, 창밖을 바라보며 생각에 잠겼다. 자신은 맡은 화주들을 새 회사에 적응시키느라 바쁘게 하루하루를 보내고 있는데, 영업에 아무 의욕도 보이지 않는 길창이 못마땅했다. 그뿐만 아니라, 계속해서 자신의 업체 정보만 들여다보고 있는 원만의 행동도 의심스러웠다.

잠시 후, 결국 우려하던 일이 벌어졌다.

"정 차장, 업체가 꽤 많은데, 관리하기 힘들지 않나?"

원만이 은근히 질문을 던졌다.

"그게 뭐가 많아요. 그 정도 관리도 못 하면 영업하지 말아야죠."

숙현은 그의 의도가 다분히 보여 단호하게 대답했다. 원만은 당황한 기색을 잠시 보였으나, 헛기침을 한 차례 하며 다시 말을 이었다.

"장 과장이 아직 영업이 서툴러. 동기니까 잘 챙겨줘야지."

서투른 정도가 아닌 영업을 전혀 알지 못하는 사람에게

자신의 업체를 넘겨주려 하는 의도가 노골적으로 느껴졌다. 담당 영업을 다른 사람에게 넘긴다는 것은 자신을 믿고 따라준 화주들에게 배신이나 다름없는 일이었다. 이 상황은 영업사원에게 오장육부를 도려내는 고통과 같고, 심지어 퇴사를 결심하게 만들 수도 있었다. 원만은 그런 사실을 알면서도 자기 사람을 챙기기 위해 그런 도덕적 고민 따위는 무시한 채 행동하고 있었다. 숙현은 원만과 거리를 두기로 결심했다. 이런 사람과 가까이 지내봤자 얻을 이득이 없을 것 같았다.

그들이 공항에 도착하자 천 소장이 지게차에서 내리며 일행을 반겼다.

"왜 또 아침부터 지게차를 타고 있나 했더니, 구 전무님이 오시는 날이었네요."

"물건이나 안 깨쳐 먹게 잘 봐요."

정수와 우영이 소리 없이 중얼거리며 용복을 힐끔거렸다.

원만은 공항 창고 직원들에게 두 사람을 간단히 소개한 후, 사무실로 들어갔다.

"여기가 항공부 직원들"

원만의 말에 항공부 직원들이 각각 인사를 시작했다. 숙현이 먼저 고개를 숙이며 정중히 인사했고, 이어서 지후도 인사했다.

"이지후입니다. 항공 수출 담당입니다."

"난, 장길창."

길창은 고개를 꼿꼿이 세운 채 짧게 자신의 이름만 말했다. 사무실 분위기는 순식간에 얼어붙었다. 상황을 감지한 원만이 급히 말했다.

"아, 장길창 과장이 이지후 과장보다 나이가 많아. 그러니 잘 해주라고."

지후의 심기는 매우 불편했지만, 최대한 겉으로 내색하려 하지 않았다. 숙현만이 그의 변화된 눈빛을 알아챘다.

이후 네 사람은 창고로 내려갔다. 원만이 화물을 보며 지후에게 물었다.

"이 화물들은 오늘 어디로 진행 예정인가?"

"서영항공으로 진행될 예정입니다."

지후의 대답을 들은 원만이 길창에게 시선을 돌리며 물었다.

"장 과장, 서영항공 알아?"

"당연히 알죠. 곽원 부장이랑 형, 동생 하거든요."

"그래? 그럼 영업하면서 가격도 직접 받고 하면 되겠

네."

원만은 길창의 대답이 만족스러운 듯 웃으며 그의 어깨를 두드렸다.

"그럼, 우리는 점심 먹으러 갈 테니까 수고들 하라고. 아! 천 소장은 따로 점심 약속 있나? 없으면 같이 가지."

원만의 말에 용복은 서둘러 끼고 있던 장갑을 벗으며 나갈 채비를 했다.

"전무님, 저는 공항 온 김에 예전 업체 한 군데 들리겠습니다."

숙현은 양해를 구하고 자리에서 빠졌다. 원만은 겉으로 함께 점심을 못 해 아쉽다고 말했지만, 속으로 다행이라 생각했다. 곧장 그는 용복과 길창을 태우고 서둘러 창고를 떠났다.

사무실로 올라온 숙현과 지후는 다시 인사를 나눴다.

"아까는 전무님 때문에 인사를 제대로 못 했는데 앞으로 잘 부탁드려요."

숙현이 미소를 지으며 말했다.

"저야말로 잘 부탁드립니다, 차장님."

그때 사무실 문이 벌컥 열리며 큰 소리가 들렸다.

"아, 어디서 저런 찌질한 새끼 하나 또 데려왔어? 여기가 지 회사야?"

구 전무와 모두 떠난 줄 알았던 정수는 숙현을 보고 화들짝 놀랐다. 도망치듯 다시 문밖으로 나가려는 그를 숙현이 불러 세웠다.

"대리님은 저쪽 라인 아닌가 보네요?"

"라인, 아! 예. 제가 줄을 정말 싫어합니다. 줄넘기도 안 합니다. 숨쉬기 운동만 하지. 후웁!"

"그러니까, 저기는 구 라인이고. 여기가 진짜네. 저 노트북 가지고 왔는데 여기서 일 좀 해도 되죠?"

"점심 식사는 드시고 시작하시죠."

지후가 마침 배달로 주문해 놓은 점심 도시락을 양손에 들고 흔들었다. 사무실에 남은 이들은 미리 사다 놓은 컵라면과 함께 사무실 안에서 식사하며 이런저런 이야기를 나눴다. 항공 수출 업무 및 회사 분위기 등, 정 차장은 대략적인 상황을 파악했다. 서로 통하는 점이 많은 것 같다고 느낌을 받은 그들은 앞으로의 협력을 기대하며 하루를 마무리했다.

## 13화. 상도

"아니, CC FEE를 청구하지 않는다고요?"

오전부터 숙현의 목소리가 높았다. 맞은편에 앉아있던 을도는 뭐가 문제냐는 듯 무덤덤한 표정으로 그녀를 바라볼 뿐이었다.

"그럼 창고 보관료는요?"

"그것도 청구 안 해요."

"무슨 자선 사업 하시나요?"

CC FEE, 즉 COLLECTION CHARGE FEE는 수출에서는 청구되지 않지만, 수입에서 청구되는 운임 중 하나다. 해외에서 한국으로 수입되는 물품에 발생한 현지 비용은 그 나라 화폐 단위로 처리되기 마련이고, 이때 발생하는 환차손과 송금 수수료 등을 보상하기 위한 비용이다. 영업 사원에게는 추가적인 수익을 창출하는 요소이기도 하며, 실적으로도 반영된다.

숙현은 월급을 낮춘 대신에 자신의 실적에 따라 성과급이 결정되는 계약 조건을 가지고 있기에, CC FEE와 창고료를 청구하지 않았다는 을도의 말에 기가 찼다. 전날 공항에서 들은 이야기와 맞물려, 을도에 대한 인식이 심각히 뒤틀리고 있었다.

전날 저녁, 곱창이 노릇하게 구워지는 불판 앞에서 숙현, 지후, 정수, 그리고 현진은 소주를 기울이고 있었다.

"진 차장은 박쥐 같아요. 10년 넘게 일하면서 업무도 잘 모르고. 관리 능력도 부족한데, 관리자 자리에 앉아 있다는 게 참. 본인도 알고 있을 거예요. 자기도 능력 없다는 거."

정수의 말을 듣던 숙현이 무언가 알겠다는 듯 고개를 끄덕였다.

"그러면 그분도 구 전무 라인이겠네요?"

"이 작은 회사에 라인이라니… 참 슬픈 현실이네요. 근데 진 차장은 구 전무 라인이 아니에요. 제가 말씀드렸잖아요. 박쥐 같다고. 상황이 변하면 그때 또 실세에게 붙겠죠."

"양명*의 뜻은 없고 오로지 입신*의 뜻만 있는 사람이군요. 출세에만 급급한."

숙현의 말에 다들 피식 웃음을 터뜨렸다. 지후가 반박했다.

"오히려 반대죠. 나쁜 쪽으로 양명은 이미 했죠. 그래서 거래처들도 안 만나려고 하고, 구 전무에게 굽실거리느라 입신은 못 한 거죠."

"결과적으로 일 잘하는 사람들은 구 라인에 없다는 결론이네요."

"매사에 합리적인 판단 대신, 복종과 충성만을 강요하니 그렇죠."

다음 날, 을도에 대해 안 좋은 인식이 쌓여가는 숙현은 결국 그에 대한 신뢰가 바닥났다.

"제가 보낸 견적서는 보셨나요? CC FEE와 창고료 요율이 다 포함돼 있었는데요."

"그러니까, 우리 회사는 그런 비용을 청구하지 않는다니까요."

---

*양명(揚名) : 이름을 드날림
*입신(立身) : 떳떳하게 자리를 차지하고 지위를 확고하게 세움

"제가 업체와 협의해서 청구하기로 한 걸 왜 차장님이 마음대로 바꾸시는 거죠?"

사무실이 소란스러워지자, 구 전무가 방에서 나와 상황을 물었다.

"CC FEE가 뭐야?"

"Collection Charge Fee입니다."

"아니, 그게 뭔지를 묻는 거야."

숙현은 더 이상 말을 잇지 못했다. 용어 자체를 모르는 사람에게 설명해야 하는 상황이 황당하게 느껴졌다.

"그걸 청구하면 우리한테 좋은 거네. 진 차장, 왜 그걸 청구하지 않았어? 담당 영업사원이 청구해도 된다잖아. 청구해."

"네, 알겠습니다."

"정 차장, 이제 됐지? 내가 잘 해결해 준 거지?"

'내가'라는 단어에 힘을 주어 말하는 원만을 보고 숙현은 한 번 더 현기증을 느꼈다. 그리고 그의 말 한마디에 자기가 언제 그랬냐는 듯 곧장 태도를 바꾸는 을도의 모습에 숨이 턱 막혔다.

"이야, CC FEE 같은 게 있어? 항공 수입은 돈 벌기 참 쉽네. 나도 이제부터 수입 영업이나 해야겠어."

뒤에서 조용히 이야기를 듣고 있던 효승이 던진 한마디에, 사무실의 모든 사람은 입에서 소리 없는 탄식을 내뱉었다.

그날 오후, 길창이 숙현을 찾아왔다. 숙현은 본능적으로 이 사람이 좋은 일로 찾아온 건 아니라고 확신했다.

"차장님도 아시겠지만, 제가 아직 많이 부족합니다. 차장님이 많이 도와주셨으면 좋겠습니다."

말할 때마다 한쪽 입술이 먼저 올라가는 길창의 모습은 여전히 불쾌했다. 본인의 의도는 아니겠지만, 상대방을 은근히 깔보는 듯한 인상을 지울 수 없었다.

"과장님, 그런 말을 왜 저한테 하세요? 저보다 위에 계신 분들이 얼마나 많은데요. 저도 과장님과 같이 입사한 사람이에요. 지금 내 일 하나 챙기기도 바쁜데, 제가 과장님까지 도울 여유는 없어요. 그럴 입장도 아니고요."

"아니, 그래도 전무님이 하신 말씀도 있고…"

"과장님이 내 실적을 책임질 것도 아니잖아요. 왜 남의 업체를 가지고 이래라저래라 하는지 모르겠네요. 과장님, 상도(商道)라는 것도 모르고, 최소한의 예의도 없어요?"

기분이 상한 숙현 차장은 책상 위의 노트북을 신경질적으로 닫아 가방에 넣었다. 막 외근에서 복귀하여 상황을 지켜보던 태섭이 물었다.

"어디 가게?"

"외근 다녀올게요. 업체 미팅이 있어서요."

태섭은 조용히 한숨을 쉬며, 이러다가 숙현이 사직서를 내지나 않을까 걱정스러웠다.

"장 과장, 잠깐 나 좀 보지?"

길창을 데리고 밖으로 나온 태섭은 말없이 담배 두 개비를 연달아 피웠다. 그리고 세 번째 담배에 불을 붙이며 물었다.

"전무님이 정 차장한테 업체 받으래?"

"네, 제가 영업을 잘 모르니까 정숙현 차장에게 몇 개 업체를 받아서 영업을 배우라고 하셨습니다."

"남의 업체를… 자기가 왜?"

기가 찬 태섭은 잠시 말을 잇지 못하고, 감정을 추스르려 일부러 땅바닥을 바라보았다.

"장 과장 생각은 어때? 그게 영업사원으로서 맞는다고 생각해?"

"저는 잘 모르겠습니다. 저는 그냥 전무님이 시키시는 대로…"

"전무님이 죽으라면 죽을 거야? 어떻게 사람이 자기 소신도 없고, 옳고 그름도 스스로 판단하지 못하나?"

보살이라 불리던 태섭도 이때만큼은 목소리를 높였다.

"정 차장이 저렇게 정색하는 게 자네는 이해가 안 되겠네?"

"네, 솔직히 이해가 잘 안됩니다. 도와줄 수도 있는 거 아닌가 싶기도 합니다."

"그저 야속하기만 하다? 그러면 정 차장 월급은 장 과장이 줄 거야?"

마침, 회사로 복귀하던 성찬이 두 사람을 보고 함께 담배를 피우러 다가왔다.

"뭔데 그래?"

태섭이 기가 찬 표정으로 담배를 한 모금 들이마시며 지금까지의 상황을 설명했다. 성찬의 얼굴은 순식간에 붉어졌다.

"이 새끼, 눈치가 없어도 이렇게 없을 수 있나?"

"그러면 저보고 어떻게 하란 말씀이세요? 전무님 지시라고요."

"뭐, 이 개새끼야? 뭣 같지도 않은 게 똥오줌을 못 가려!"

성찬의 낮게 깔린 목소리가 길창을 향했다. 하지만 구

전무를 등에 업은 길창은 여전히 태연한 표정을 유지했다. 분위기가 험악해지자 태섭은 성찬을 말리며 길창을 사무실로 돌려보냈다.

"어디서 저런 새끼를 데려왔대."

등 뒤에서 쏟아지는 욕설에도 아랑곳하지 않고 길창은 유유히 건물 안으로 사라졌다.

"저놈을 어떻게 해야 하지?"

"성질만 내 봤자 뭐 하겠어요. 우리는 정 차장이나 잘 챙겨야죠. 이런 식이면 정 차장도 못 버틸까 봐 걱정되네요. 이제 자리도 잡아가고 업체 실적도 오르는데, 잘하라고 응원은 못 해줄망정 왜 이렇게 들쑤시는지."

태섭은 네 번째 담배에 불을 붙이고 깊이 들이마셨다. 긴 한숨과 함께 긴 담배 연기가 뿌옇게 피어올랐다.

■■■■

"지후 과장님, 저 왔어요."

사무실 문을 열고 숙현이 고개를 내밀었다.

"차장님! 여긴 어떻게 오셨어요?"

"어떻게 오긴요. 튼튼한 두 다리로 왔죠."

공항 사무실로 찾아온 숙현을 지후가 반갑게 맞았다. 인천 남동공단에 있는 거래처 몇 곳을 방문한 후 본사로 복귀하지 않고 공항 사무실로 온 것이었다.

"나, 그냥 여기로 출근할까 봐요. 거지 같아 정말!"

숙현은 그동안 있었던 일들을 넋두리했다. 한참을 이야기한 그녀는 이제 조금 속이 풀린다는 듯이 길게 숨을 내쉬었다.

"진짜 미친놈이네. 내가 그럴 줄 알았어요. 처음 봤을 때부터 인상이 구리더니. 첫 만남 때부터 반말 찍찍하더라니까요. 쥐새끼같이 생겨서는."

이야기를 듣고 있던 현진이 흥분한 어투로 말을 이었다.

"그 사람 전 직장에서 내가 아는 사람한테 물어봤는데, 거기서도 완전 꼴통이었대요. 사람들이랑 어울리지도 못하고, 구 전무하고만 어울렸대요."

"아무튼, 짜증 나! 본사 가기 싫어 진짜. 오늘은 여기 있다가 퇴근해야겠어요."

숙현이 노트북을 꺼내 테이블 위에 펼칠 때 지후의 핸드폰이 울렸다. 서영항공의 곽원이었다.

"지후야, 오늘 하노이에 1톤 정도 더 없냐? 작업량이 조금 모자라. 1톤만 더 끌어와 봐."

"안 그래도 조금 넘치려던 차였는데, 맞춰서 넘길게요."

그 순간 지후의 기억 속에 무언가 떠올랐다.

"형님, 혹시 장길창 알아요?"

"누구?"

"장길창 과장이라고, 형님이랑 잘 알고 형 동생 한다고 하던데."

"몰라, 그런 동생 둔 적 없어. 내 이름 팔고 다니는 놈들이 하도 많아서 이제 해명도 안 해. 지들 맘대로 하라 그래. 됐고, 일이나 하자. 1톤 디테일이나 넘겨."

곽원의 말을 듣고, 지후는 길창이 거짓말을 했다는 사실을 확신했다. 언젠가 탄로 나게 될 거짓말을 말이다. 그가 처음부터 어딜 가던 업계 잔뼈가 굵은 곽원의 이름을 팔고 다녔던 건지, 아니면 구 전무가 물어보자, 그 순간에 이름을 팔았던 건지는 알 수 없었다. 다만 확실한 건 길창이 자신의 위신을 위해 그런 짓을 했다는 거였다.

"이제는 기가 차지도 않네. 그럴 줄 알았어."

지후의 말을 들은 숙현은 한 번 더 혀를 찼다. 본인도 역시 그 말을 지후와 같은 자리에서 들었다.

"어떻게 저걸 부숴버리지?"

"언젠가는 알아서 무너질 겁니다."

숙현은 그래도 회사 안에 지후처럼 말이 통하는 사람이 있다는 것에 위안을 삼았다. 마음 같아서는 계속 공항으로 출근하고 싶은 심정을 꾹 눌러 가며 퇴근길에 올랐다.

## 14화. 연인? 인연

 숙현과 지후, 그리고 현진은 업무를 마치고 인천공항 화물터미널 역에서 김포공항으로 향하는 공항철도를 탔다. 저녁 시간이 다소 늦은 평일이라 전철 안은 한산했고, 앉을 자리가 여유로웠다.
 "사람 참 괜찮아 보이는데, 왜 여자 친구가 없어?"
 숙현이 지후를 빤히 바라보며 물었다.
 "맞다. 과장님, 예전에 애인 있었다고 하셨잖아요? 제가 입사하기 전 얘기였죠?"
 "애인이 있었어? 현진 계장 입사 전이면 꽤 오래전 얘긴데. 그런데 그 사람은 왜 이런 남자랑 헤어졌대?"
 지후는 아무 대답 없이 그저 씁쓸하게 웃어 보였다.

■■■■

　인천공항 입국장을 통해 지후가 가방을 메고 한 손엔 캐리어를 끌며 걸어 나왔다. 멀리서 지후를 알아본 한 여자가 달려와 지후에게 안겼다. 지후도 캐리어를 놓고 두 팔로 여자를 강하게 끌어안았다. 1년 만에 만난 두 사람은 오랜만에 서로의 얼굴을 오랫동안 바라보며 재회의 기쁨을 만끽했다. 지후가 한국으로 돌아온 심정을 누구보다 잘 알고 있던 여자는 눈물을 흘렸다. 뺨을 타고 흐르는 눈물을 닦아주며 지후는 미소를 지었다.

　"보고 싶었어."

　여자는 다시 지후를 끌어안으며 눈물을 쏟았고, 지후는 오랜만에 가슴이 따뜻해지는 것을 느꼈다. 집에 왔다. 그토록 그리던, 자신을 안아주는 사람이 있는 곳에 왔다. 지후는 이제 지친 마음을 내려놓고 사랑하는 사람과 함께 그동안 나누지 못한 시간을 보내고 싶었다.

　그로부터 몇 달 후, 지후가 취직한 지 얼마 되지 않은 어느 날이었다.

　"절대, 만나지 마세요. 말씀 드렸잖아요. 절대 만나지 말라고요. 제발 부탁드리니까요. 그냥 계세요. 나중에 제가 직접 말씀드릴 테니까, 제발요."

전화하는 지후의 목소리에 화가 가득하여 가늘게 떨리고 있었다. 알겠다는 대답을 듣고 통화를 마쳤지만, 지후의 화는 쉽게 가라앉지 않았다. 여자 친구의 부모님을 만나겠다는 지후의 엄마는 아들의 만류를 이해하지 못했다. 지후 역시 그런 어머니가 이해되지 않았다. 대체 왜 연애에까지 나서 참견하려는지 화가 치밀어 올랐다. 게다가 문제는 여자 친구의 부모님이 아직 지후의 존재를 모른다는 것이었다. 지후와 여자 친구는 지후가 호주로 떠나기 전부터 연인이었고, 지후를 따라 호주에서 유학 생활도 함께했다.

작은 시골 마을의 소문은 빠르게 퍼지고 종종 와전되기도 했다. 여자 친구는 그런 이유로 두 사람의 관계를 철저히 비밀로 하자고 했다. 지후는 그녀의 말에 동의했고, 두 사람은 오랜 시간 동안 주변 사람들에게 비밀로 한 채 관계를 유지해 왔다. 하지만 시간이 지날수록 지후는 그녀에 대한 확신이 생겼고, 점점 주변에 관계를 공개하고 싶어졌다. 지후는 그녀를 설득했고, 마침내 그녀도 자신의 어머니에게 지후의 존재를 알리기로 결심할 즈음이었다. 그러던 중, 지후의 어머니는 자꾸만 맞선 자리를 알아보고 있었다. 조심스럽게 지후가 여자 친구가 있다고 말한 것이 결국 화근이었다.

그리고 다음 주, 기어코 일이 터졌다.

"뭐라고요?"

"만나고 왔다. 너희 둘 결혼시키자고 말했어. 둘 다 나이도 찼고, 네가 뭐가 부족하니? 어차피 너도 결혼할 생각 있었잖아."

"도대체 왜, 왜 한 번도 제 말을 들어주지 않는 거예요? 대체 왜?"

"대가리 컸다고 엄마한테 소리나 지르고, 나중에 네가 나한테 고맙다고 할 거다. 은혜도 모르는 자식. 어휴, 자기 엄마 무시하는 놈 중에 잘 사는 놈 없어. 새겨들어!"

암 수술 후 점점 약해지는 몸을 느끼며 엄마는 조급했을 것이다. 자신이 언제 어떻게 될지 모른다는 불안감에, 아들이 결혼하는 모습을 보고 싶고, 손주도 보고 싶은 마음이 컸을 것이다. 그런 개인적인 희망 때문에 지후의 부탁을 무시하고 엄마는 결국 행동에 옮겼다. 자기 생각과 판단만이 옳다는 그녀의 고집은 시간이 갈수록 강해져만 갔고, 누구도 그 결정을 막을 수 없었다.

엄마는 병원의 항암치료는 거부했지만, 정기검진은 꼬박꼬박 받았다. 역시나 검진 결과는 항상 좋지 않았다. 검사받을 때마다 매번 암 수치는 그 전보다 올라가고 있었고, 의사는 그런 수치를 볼 때마다 고개를 갸우뚱했다.

"약은 잘 챙겨 드시는 거 맞으시죠?"

"네, 그럼요."

하지만 엄마가 먹는 약은 병원에서 처방한 것이 아니었다. 그동안 그녀 스스로 맹신한 대체의학에서 지어온 약이었고, 병원 약은 여전히 개봉조차 하지 않은 채 쌓여있었다. 주말마다 집에 들를 때면, 지후는 포장도 뜯지 않은 수십만 원씩 낸 약봉지들을 보며 머리가 지끈거렸다. 하고 싶은 말이 목까지 차올랐지만, 지후는 꾹 눌러 참았다. 괜한 말다툼이 될 게 뻔했기 때문이다.

지후의 결혼에 대한 일 역시, 그녀가 본인이 만족할 만큼 눈에 띄는 발전이 없자 참지 못하고 직접 추진하고자 행동했다. 그리고 자신이 강행한 이번 만남에 대하여 대단히 흡족해했다. 곧 지후가 자신의 노력 덕분에 결혼하게 될 거라 확신했다.

[오늘 끝나고 잠깐 만날까?]

여자 친구의 평소와 다름없는 연락에 지후는 서둘러 일

을 마무리하고 그녀에게 향했다. 엄마와 다투고 난 뒤 급하게 얻은 직장이었지만, 여자 친구가 사는 집에서 지하철로 네 정거장만 가면 되는 거리였다. 역을 빠져나오자 멀리서 그녀가 서 있는 것이 보였다. 지후의 발걸음은 마냥 가벼웠다.

"저녁 아직 안 먹었지? 뭐 먹고 싶은 거 있어?"

지후가 가까이 다가와 안으려 하자, 여자 친구는 살며시 그를 밀어냈다.

"아니, 밥 말고 커피나 마시자."

평소와는 확연히 다른 분위기. 달라진 공기가 지후의 가슴을 짓눌렀다. 제발 아니길 바라는 마음으로 근처 카페에 들어갔다.

"우리 그만하자."

예감이 현실로 다가오는 데는 몇 분도 걸리지 않았다. 여자 친구는 눈조차 마주치지 않은 채 이별을 말했다.

"시작도 제대로 못 했는데 뭘 그만해. 엄마 때문이야? 우리 엄마가 부모님 찾아간 것 때문에 이러는 거야?"

"엄마가 많이 당황하긴 했지만, 그런 건 아니야. 그냥 내가 그렇게 하기로 했어. 그러니까 이제 그만하자."

여자 친구는 테이블 위에 상자 하나를 올렸다. 상자 안에는 그동안 지후가 쓴 편지, 선물했던 목걸이, 그리고 커플링이 들어 있었다. 여전히 지후의 손가락에서 반짝이는 커플링이 무색하게도 여자 친구의 손가락에서는 반지가 이미 빠져 상자에 덩그러니 놓여 있었다.

"나한테 이러려고 그동안 비밀로 하자는 거였어? 헤어지면 네 주변 정리하기 쉽게? 이건 너무 잔인한 거 아니야?"

"그래, 맞아. 너한테 미안하지만, 내 마음이 변할 때를 준비한 거야. 이런 나 말고 더 좋은 여자 만나서 잘 살길 바랄게."

자리에서 일어나 떠나는 그녀를 지후는 붙잡지 못했다. 자신의 엄마조차 통제하지 못하고 이리저리 끌려다니는 자신의 나약한 모습이 너무나 창피했다. 멍하니 자리에 앉아 있던 지후는 서둘러 자리에서 일어나 그녀를 따라나섰다. 대로변 횡단보도까지 간 그녀를 쫓아 상자를 내밀었다.

"이러지 마. 이제 다 필요 없는 거야."

"버릴 거면 네가 버려. 나한테 떠넘기지 마."

"필요 없다고."

그녀가 내치는 손길에 상자가 열리며 안에 있던 물건들

이 바닥에 쏟아졌다. 맑은 금속 소리와 함께 반지는 차도로 굴러갔다. 신호가 여전히 빨간 불이었으나 지후는 차도로 발을 내밀었다.

"미쳤어?"

"반지 주워야 해."

그녀가 지후의 팔을 낚아챈 순간, 빠르게 달려오는 차 한 대가 그들 곁을 스쳐 지나갔다. 그러나 이미 정신이 나간 듯한 지후는 다시 차도로 몸을 돌리려 했다. 그러자 그녀의 손이 지후의 뺨에 닿았다.

"정신 차려! 죽으려면 내가 안 보는 데서 죽으라고!"

"우리가 왜 헤어져야 하는데? 왜!"

지후가 그녀를 향해 소리치며 절규했다. 신호가 초록 불이 되었고, 그녀는 그대로 떠났다. 그녀가 멀어지는 모습을 그저 바라볼 수밖에 없던 지후는 그 자리에 우두커니 서서 눈물만 흘렸다.

이별 후, 지후는 먹지도 마시지도 않았다. 겨우 회사만 겨우 다닐 뿐, 퇴근하면 곧장 침대로 들어가 울었다. 아무도 지후를 위로해 줄 수 없었다. 철저히 비밀로 한 연애, 소문에 오르내리기 싫다는 이유로 비밀로 했던 것이 독이 되어, 그는 철저히 혼자서 고통을 감내해야만 했다. 만남이 당당하고 싶었지만 끝내 그러지 못했던 지후는 둘이 함께 찍은 사진을 누군가에게 보여준 적도 없었다. 그녀와 함께하는 것만으로 만족하며, 언젠가 그녀가 말한 그때를 기다렸을 뿐이었다. 그러나 그 끝은 이별이었다.

모든 것이 엉망이었다. 목표도, 희망도, 사랑도 잃었다. 삶을 내려놓으려 삼킨 수면제도 지후의 생을 끝내지 못했다.

"죄송해요, 아버지."

아버지에게 전화를 건 지후는 차마 죽으려 했다는 말까진 꺼내지 못했다.

"네가 뭐가 미안해. 들었다. 헤어졌다며. 내가 미안하다."

그 사이 또 그녀의 부모님에게 연락한 엄마는 그녀 어머니에게 이별 소식을 들었다. 그러나 지후의 엄마는 미안해하기는커녕, 애초에 이어질 인연이 아니었다며 괜한 시간만 버렸다고 기분 나빠했다.

∎∎∎∎

지후의 이야기를 들은 숙현과 현진은 아무 말도 꺼내지

못했다. 세 사람은 이미 김포공항역에 도착해 있었지만, 지후의 이야기를 더 듣기 위해 역 안에 있는 편의점에서 아이스크림을 하나씩 사서 들고 있었다.

"제가 어떻게 누굴 만나겠어요. 누가 우리 엄마를 감당하겠어요."

"하… 이거… 뭐…"

숙현은 할 말이 많아 보였지만, 입을 열지 못했다. 현진 역시 마찬가지였다.

집으로 돌아온 지후는 핸드폰에 있는 메신저 친구 목록을 하나하나 올려 보았다. 문득 스친 그녀의 이름. 그리고 그녀의 프로필에는 웨딩드레스를 입은 그녀와 남편이 될 사람이 환하게 웃고 있었다. 지후는 잠시 그 사진을 바라보다 이내 화면을 꺼버렸다. 그는 무슨 생각을 하는지, 무슨 감정을 느끼는지 얼굴에 전혀 비치지 않았고, 표정 변화가 없었다.

오늘도 긴 한숨과 함께 침대에 몸을 파묻었고, 그의 하루는 아무런 감정도, 변화도 없이 끝을 향해 달려가고 있었다.

## 15화. 빌미

시간이 흘러 겨울이 지나고 봄이 다가왔다. 지후가 공항으로 출근한 지도 약 6개월이 지난 어느 날이었다.

"네? 그게 잘… 모르겠습니다."

통화를 하는 직원의 목소리가 가늘게 떨렸다. 그 직원은 공항 업무부가 옮겨오면서 채용한 고등학생 중 하나로, 이제 학교를 졸업하고 여엿한 사회인이 되었다. 지금 통화하는 상대는 다름 아닌 구 전무였다. 수화기를 들고 있는 손이 떨리고 있었다.

"항공 수출 업무 담당자라면서 ULD 한 장에 화물이 얼마나 올라가는지, LD3 한 개에 박스가 몇 개나 들어가는지도 모르고 일을 해?"

ULD(Unit Load Device)는 항공기 내부의 화물 탑재 위치와 형태의 곡선에 따라 화물을 탑재하기 위해 사용하는 팔레트다. LD3는 항공기 하단의 배면 부분에 탑재되는 화물 선적용 컨테이너로, 주로 파손 위험이 큰 화물이나 온도 유지를 필요로 하는 화물을 탑재할 때 사용된다.

원만의 질문 자체가 모호하고 부정확했다. ULD, LD3 모두 화물의 종류와 중량에 따라 탑재되는 양이 달라진다. 크기와 중량을 모르는 상태에서 박스가 몇 개 들어가는지 알 수 있는 사람은 없었다. 구원만 자신도 정확히 무슨 질문을 하는지 모르고 있었을 것이다.

막 수습 기간을 마친 신입 직원이 이런 세세한 지식을 꿰뚫기는 무리였다. 더구나 전무라는 사람이 다짜고짜 이런 질문을 던졌을 때, 긴장감에 제대로 답변이 어려운 게 당연했다. 통화를 마친 직원은 곧장 밖으로 뛰쳐나갔다. 울음을 참지 못해 뛰쳐나간 게 분명했다. 지후는 다른 직원에게 따라가 보라고 말하며, 본인의 전화가 울리자 집어 들었다. 구원만이었다.

"너 인마, 거기서 아주 살 만하지?"

화가 난 목소리였지만 어딘가 신난 듯한 기운이 느껴졌다.

"아래 직원 교육도 똑바로 안 하고. 네 세상이냐? 후회하게 해줄 테니 두고 봐라."

원만은 본인 말만 하고 전화를 끊었다. 그 순간 지후의 가슴속에서 무언가 툭 하고 터지는 소리가 들렸다. 화를 품던 주머니가 더는 담기지 않아 터져버린 듯한 느낌이었다. 하지만 신기하게도 그 순간 화는 어디로 쏟아졌는지 사라지고, 감정이 고장 난 사람처럼 아무런 화가 올라오지 않았다. 마치 오즈의 마법사에 나오는 양철 나무꾼처럼 감정이란 걸 한순간에 잃어버린 게 아닐까 싶었다.

그리고 얼마 뒤, 본사로부터 통보가 날아왔다.

■■■■

서울의 한 조용한 고급 식당. 원만이 앉아 있었고, 그 맞은편에는 채 회장이 자리하고 있었다.

"그래, 회사 운영은 어떻게, 잘 돌아가는 것 같나?"

"사람을 관리하는 게 어디 그리 쉽나요? 한 나라를 얻는 것보다 사람 마음을 얻는 것이 더 힘들다 하지 않습니까?"

원만은 가식적인 웃음을 띠며 대답했다.

"아들 녀석이 정이 많아서 문제야. 때론 가차 없이 잘라

낼 건 잘라내야 하는데, 그 녀석은 그런 날카로움이 없어."

진범은 혀를 몇 차례 차고 잔에 담긴 술을 마셨다. 잔이 비워지자, 원만은 곧장 다시 잔을 채웠다.

"이참에 힘을 한 곳에 집중하시는 것이 어떻겠습니까? 채이수 사장에게 조금 더 힘을 실어 주시면 좋을 것 같습니다."

"힘을 집중?"

"지금 이 회사에 왕 노릇을 하는 사람이 몇 명인지 아십니까?"

왕 노릇이라는 단어에 진범의 얼굴이 일그러지며 주름이 깊어졌다. 고갯짓으로 계속 말해보라는 뜻을 전하고는 그는 다시 술 한 잔을 들이켰다.

"지금 공항 바닥에 이지후가 소장이라는 소문이 돌고 있단 말입니다. 이 과장은 공항 사무실을 완전히 자기 세상인 양 마음대로 조종하고 있고요."

"이지후가 그럴 놈이 아닌데?"

"저도 잘 알죠. 이지후가 그럴 사람이 아니라는 걸. 그런데 사람 속을 누가 압니까? 직원들 교육 상태도 엉망이고, 이대로 두면 이지후는 통제 불능이 될 겁니다."

"내가 봤을 땐 괜찮은 놈이었는데……"

진범은 원만을 똑바로 바라보며 미간을 찌푸렸다. 그는 깊이 생각하는 듯 멀리 어딘가를 바라보다가 아무 말 없이 원만이 다시 채운 술잔을 다시 들이켰다.

다음 날, 진범이 회사에 모습을 드러냈다. 평소 월요일에만 출근하던 회장이 회사에 나타나자, 본사 직원들은 긴장했다. 곧바로 사장실로 들어간 진범은 원만을 불렀다.

"그래서, 구 전무 생각은 뭐야?"

진범의 물음에 원만은 몸을 앞으로 숙이며 작은 목소리로 대답했다.

"공항으로 나간 업무부 직원들 다시 본사로 복귀시키는 게 좋을 것 같습니다."

원만의 말에 진범과 이수의 표정이 일그러졌다.

"업무부 직원들, 구 전무가 공항으로 내보냈잖아요. 그런데 몇 달 만에 다시 부르자고요? 도대체 그 고생은 왜 시킨 겁니까?"

이수는 원만의 의도에 불만을 드러내며 목소리를 높였다.

"다 사장님을 위해서 한 겁니다."

"뭐가 저를 위한 거죠?"

이번에는 그의 뜻대로 놔두지 않겠다고 결심한 이수는

소리를 높였다.

"이지후 그 녀석이 공항 소장인 양 행동하고 있습니다. 공항 사무실을 자기 마음대로 주무르고 있다니까요?"

"이지후 과장이 본인이 그래요? 자기가 공항 소장이라고?"

이수가 물었지만, 원만은 즉각 대답하지 못했다. 못마땅한 표정으로 이수를 바라보던 원만이 입을 열었다.

"저대로 두면 통제가 안 될 겁니다."

"통제되고 안 되고는 나중에 가봐야 알겠죠. 그 사람들 공항으로 내보낼 때 내 심정이 어땠는지 알기나 합니까? 그래도 거기서 잘 버텨주고 지금까지 아무 사고 없이 잘 해왔잖아요. 아니 전무님은 왜 그렇게 이지후 과장을 미워하는 겁니까? 이건 지극히 사적인 감정으로밖에 안 보여요."

"그렇게 말씀하시는 사장님도 지금 사적인 감정으로 이지후 과장을 감싸는 걸로밖에 보이지 않습니다."

"뭐라고요?"

분위기가 격해지자, 진범이 두 사람을 진정시켰다. 그 역시 이 상황이 불편했다.

"나도 자존심이 상했어. 구 전무의 말대로 하면 효율적으로 운영될 줄 알았는데, 이제 와서 채 1년도 안 됐는데 번복하라니? 업무부 직원들 공항으로 내보낸 승인 결정은 내가 한 거야! 그런데 이걸 다시 뒤집으라니, 그게 나한테는 자존심 상하는 일이야!"

진범은 불편한 심정을 드러내며 말했고, 원만은 그 틈을 타 말을 이었다.

"회장님 말씀 충분히 이해합니다. 하지만 가끔은 결정을 번복하는 것도 필요하지 않겠습니까? 더 나은 방향으로 나아가기 위해선 말이죠. 시행착오일 뿐입니다. 아무나 항상 옳은 결정을 내리지는 않잖아요."

원만의 말은 틀리지는 않았지만, 채이수 귀에는 그저 혀에 꿀 바른 아부처럼 들렸다.

"그 시행착오 때문에 많은 직원이 떠났습니다. 그중에는 오랫동안 함께한 직원도 있었어요. 너무 많은 소모가 있었습니다. 공항 직원을 이제야 정비했는데, 다시 본사로 복귀시키면 똑같은 일이 또 반복될 겁니다."

"사장님은 항상 너무 사람 중심인 게 문제에요. 정이 많으신 건 알지만, 나갈 사람들은 어차피 나갈 사람들입니다. 이유가 어찌 됐든 언젠가는 회사에 등을 돌릴 사람들이었다고요."

"이직을 수도 없이 하신 분에게 들을 말은 아닌 것 같습니다만."

이수와 원만의 눈빛이 공중에서 얽혔다.

"그만들 해!"

진범의 호통에 사장실뿐만 아니라 회사 전체가 순간 조용해졌다.

"채 사장은 업무부, 다시 본사로 복귀시켜."

"회장님!"

"더는 말하지 마. 내가 결정했으니, 이후 책임은 내가 진다. 그렇게 알고 진행해!"

진범의 단호한 결정에 원만은 회심의 미소를 지으며 사장실을 나섰다.

■■■■

업무부의 본사 복귀는 공항으로 나갈 때보다도 더욱 빠르게 진행되었다.

"지후, 현진! 오랜만이다!"

"그대들 없는 동안 사무실이 아주 누추해졌어. 그래도 다시 살 부대끼며 전처럼 파이팅 있게 일해보자고!"

지후와 현진이 출근하자, 일찍부터 출근해 있던 성찬과 태섭이 반갑게 두 사람을 맞았다. 업무부가 떠나고 기존 사무실 크기를 절반으로 줄이고, 남은 공간에는 다른 회사를 들였다. 이는 월세를 받기 위한 나름 긴축 정책이었다. 하지만 업무부 직원들이 돌아왔다고 다시 사무실을 넓히지는 않았다. 직원들은 간격을 좁혀 앉는 방법밖에는 달리 방도가 없었다.

인사를 나누는 그들 뒤로, 길창이 막 출근해 부장들에게 꾸벅 인사를 하고는 지후와 현진을 본 척도 하지 않고 자리로 향했다. 그는 지후와 현진이 자신에게 인사할 틈조차 주지 않았다.

"저 새끼는 사람을 대놓고 무시하네."

"그냥 둬요. 등에 업은 게 있는데 뭘 기대하겠어요. 우리 말도 안 듣는걸요."

"실적도 없는 놈. 끈 떨어지기만 해봐. 그땐 가만 안 둬."

한마디 쏘려는 성찬을 태섭이 말렸다.

뒤이어 공항으로 바로 출근하기 시작해 본사 직원들과 얼굴을 익힐 일이 없었던 젊은 직원들이 보이자 자연스레 그쪽으로 관심이 옮겨졌다.

"이지후 과장, 잠깐만… 아니다, 잠깐 시간 되면 커피나 한잔하러 가지?"

그때, 이수가 지후를 사장실로 부르려다 마음을 바꾸고 밖으로 데리고 나갔다. 원만은 그 모습을 소리 없이 노려보고 있었고, 그 장면을 숙현과 현진이 지켜보았다.

"어우, 저 눈빛 봐. 레이저 나오겠네. 어떻게 저렇게 대놓고 싫은 티를 낼 수 있을까?"

"폭풍이 또 몰아칠 것 같네요."

회사 근처의 한 커피 전문점. 이수와 지후는 혹시나 회사 사람들과 마주칠까 봐 몇 블록 떨어진 곳의 카페로 왔다. 커피를 주문하고 자리에 앉은 두 사람은 한동안 말이 없었다. 지후는 이수가 무슨 말을 할지 기다렸다. 이수는 속에서 끓어오르는 화를 애써 참는 듯했다.

"미안하다. 내가 또 너한테 사과하게 됐구나."

"회장님 결정이잖아요."

지후가 담담하게 대답했다.

"조금만 더 참아줘. 나중에, 그에 대한 보상은 섭섭하지 않게 해줄게."

지후는 고개를 끄덕였다. 두 사람의 깊은 한숨 소리가 조용한 카페 안을 가득 채웠다.

## 16화. 속내

 본사로 출근을 시작한 지 일주일 정도 지나자, 어수선했던 분위기가 차츰 가라앉았다. 인천에서 서울로 출근하게 된 신입 직원들도 출근 시간이 늘어나긴 했지만, 다행히 불평 없이 새로운 일상에 적응해 가고 있었다.
 잠시 거래처 사람을 만날 일이 있어 밖에 나갔던 지후는 돌아오는 길에 담배를 피우고 있는 성찬과 마주쳤다.
 "다닐만해?"
 "뭐, 원래 자리로 돌아온 건데요."
 "네가 고생이다."
 쓸쓸한 웃음을 짓는 지후를 보며 성찬이 담배를 길게 한 모금 빨았다. 담배 냄새가 때론 향긋하게 느껴졌는데, 지금이 그랬다.

"새로 온 직원들은 어때?"

"출근 거리가 멀어져서 걱정했는데, 그래도 잘 적응하는 것 같아요. 두 사람이 친구이기도 하니까. 서로 의지하면서 다니게 해야죠."

"네 새끼들이니까 잘 챙겨줘. 힘들어 보이면 잘 다독여 주고."

"네, 알겠습니다."

"난 그래도 네가 와서 좋다."

재떨이에 담배를 문질러 끈 성찬은 지후의 어깨를 가볍게 두드렸다. 그의 성격은 불같아도 뒤끝 없었다. 예의를 지키지 않거나 부당한 일이 있을 때만 불같이 타올랐다. 지후는 그런 성격을 알았기에, 선을 넘지 않으려 늘 신중했다. 다행히 성찬이 의지가 되는 사람이기에 지후의 마음이 조금은 편했다.

그날 점심, 공효승 상무가 지후에게 점심을 사주겠다며 순두부집으로 불렀다. 점심시간이 되자 근처 회사원들이 한꺼번에 몰려 금세 식당은 북적였다.

"우리 점심시간이 30분 빠르거나 늦으면 차라리 나을 텐데 말이야. 나중에 내가 관리자 되면 꼭 바꿀 거야."

영업부 상무였지만 관리직 이야기를 대놓고 하는 걸로 보아, 그는 전무 자리를 노리고 있는 듯했다. 구 전무와 종종 자리를 같이하여 사이가 가까운 줄로만 알았는데, 속내는 따로 있는 모양이었다. 역시 열 길 물속은 알아도 한 길 사람 속은 모를 일이었다.

"내가 자네랑 밥 먹자고 한 건 특별한 이유는 없어. 그냥 같이 밥 한 끼 하고 싶었을 뿐이야. 부담 가지지 말고 편하게 먹어."

하지만 지후는 의심스러웠다. 효승이 지금까지 개인적으로 그 누구에게 밥을 사준 적이 없었기 때문이다. 행여나 밥을 사야 하는 상황이 생기면 회사에 보고하고 법인카드로 해결하던 사람이 개인적으로 밥을 사겠다며 다가왔다. 지후의 머릿속은 여러 가지 경우의 수를 생각하느라 복잡했다.

"이 과장도 알다시피, 전무님이 자네를 꽤 불편하게 생각해. 막말로 찍혔단 말이지."

"알고 있습니다."

"그러게, 사람이 때로는 굽힐 줄도 알고, 줄도 잘 서고, 기분 맞춰주기도 해야지. 무슨 사람이 그렇게 고지식해?"

"제가 안 맞춘 적이 있습니까?"

지후는 진심으로 궁금해서 묻는 말이었지만, 효승은 그 말이 따지는 것처럼 느껴졌는지 살짝 당황한 기색을 보였다. 이내 자세를 고치고 본론을 꺼냈다.

"됐고, 이미 찍힌 건 어쩔 수 없지. 자네도 전무님이 편파적으로 자기 사람만 챙기고, 아닌 사람은 내치는 게 마음에 안 들잖아. 안 그래? 그래서 말인데, 이 과장이 나를 좀 밀어주면 어떻겠나? 이제 영업사원 옷은 맞지 않아. 언제까지 내가 영업만 할 건 아니잖아? 나도 관리직으로 올라가야지 않겠어? 구 전무를 내치고 내가 그 자리에 가면 자네도 함께 갈 수 있을 거야. 그때가 되면 내가 자네를 제대로 챙길게."

지후는 본능적으로 대답을 아꼈다. 이 사람이 왜 갑자기 이런 말을 꺼내는지 알 수가 없었다. 전까지는 구원만과 가까운 줄 알았는데, 이제 와서 대항마 코스프레를 하려는 것인지, 아니면 원만의 지시로 자신을 떠보는 것인지, 알 길이 없었다. 최근 들어 회장님이 평일에 자주 출근해 채이수와 긴 대화를 나누고 있다는 것도 지후의 머릿속을 복잡하게 만들었다.

"지금 당장 대답할 필요는 없어. 나는 내 뜻을 전했으니, 선택은 이 과장 몫이야."

"제가 뭐라고 저에게 그런 말씀을 하시는지 모르겠습니다. 저는 그저 일개 과장일 뿐인데요."

"겸손한 건가, 겸손한 척을 하는 건가? 자네는 잘났어. 그게 구 전무가 자네를 못 잡아먹어서 안달인 이유지. 잘난 사람은 위협적이니까. 그 사람 주변을 봐. 죄다 자기보다 못난 놈들만 있지. 자기보다 못 나야 자기한테 대들질 못하는 거거든."

지후는 불길한 느낌에 사로잡혔다. 점심 먹은 게 탈이 날 것 같은 기분이었다. 회사에 무슨 일이 곧 터질 것 같다는 예감이 들었다.

그 후로 효승의 지시 사항들이 지후에게 곧바로 전달되었다. 하지만 전부 업무적인 내용뿐이라, 지후는 특별히 반박할 여지도 없었다. 효승도 지시를 묵묵히 처리하는 지후의 태도를 주시했지만, 지후의 속내를 전혀 파악할 수 없었다.

그러던 어느 날이었다.

공항 사무소의 천 소장이 구 전무에게 전화를 걸어 무언가를 부탁하는 것 같았다.

"아이, 이 사람아, 그걸 말이라고 해? 당연히 해줘야지. 알았어! 그런 건 절대 부담 가지지 말고 말하라고. 효율적으로 일하려고 의견 내는 건 당연하지 않나."

구 전무는 일부러 주변 사람들에게 들리게 하려는 듯 목소리를 높여 통화를 이어갔다. 그러곤 그는 바로 사장실로 갔다. 두 사람의 대화는 길지 않았다. 원만은 만족한 얼굴로 방에서 나와 곧바로 전화를 걸었다.

"곧 한 명 보낼 테니까 자리 만들어 놔."

한껏 들뜬 목소리는 좀처럼 가라앉지 않았다. 잠시 뒤, 지후는 원만의 호출을 받았다.

"수출부에 새로 들어온 직원 중 한 명을 공항으로 다시 보낼 거야. 누굴 보낼지 정해서 보고해."

"네?"

갑작스러운 지시에 지후는 어안이 벙벙했다. 공항으로 나갔다가 다시 본사로 복귀한 직원들을 또다시 나누겠다는 계획이라니, 그것도 아직 신입 티도 벗지 못한 나이 어린 직원을 혼자 공항으로 보내겠다는 것이었다.

"공항이 너무 바쁘대. 서류 작업할 사람이 필요하다고 해서 여기서 한 명 보내기로 했으니 그리 알아."

구 전무의 막무가내식 통보에 지후는 무슨 말을 해야 할지 몰라 한동안 멍하니 서 있었다. 지후가 공항에 있을 때 공항 사무실에서 하던 일부 서류 작업을 도와준 적이 있었는데, 그것이 화근이 되었다. 도움 준 게 오히려 당연해지자, 본사 직원들의 복귀 후 그 일을 다시 공항 직원들이 떠맡으면서 일이 많아졌다고 하는 거였다.

"대답 없는 걸 보니 마음에 안 드나 본데? 아니면 이지후 네가 가든가."

지후는 마음 같아서 차라리 자기가 가겠다고 하고 싶은 심정이었지만 그저 자신을 떠보기 위한 발언임을 알았다.

"어린 직원을 혼자 보내면 얼마 못 가 그만둘 겁니다. 도태될 게 뻔해요."

"도태될지 안 될지 네가 어떻게 알아? 그만두면 그만두라 해. 팀장도 아닌 놈이 위에서 하라면 하라는 대로 해야지, 말이 많아."

또다시 나온 '팀장도 아닌 놈'이라는 말이 지후의 기분을 매우 불쾌하게 했다. 자신이 인정하는 팀장이라는 사람을 불러서 지시하면 될 것을, 굳이 자신을 부른 것도 모자라 이런 모욕적인 말을 하는 이유를 지후는 이해할 수 없었다.

"사장님도 승인한 일이니까 그렇게 알아둬."

구 전무의 방에서 나오는 지후를 성찬과 태섭이 물끄러미 바라보았다. 지후의 표정과 몸짓에서 심상치 않음을 두 사람은 직감했다. 마침, 퇴근 시간이 얼마 남지 않았을 때라 성찬이 지후에게 다가와 말했다.

"소주 한잔하러 가자."

퇴근 시간이 되자마자 지후는 나머지 정리를 현진에게 맡기고 성찬, 태섭과 함께 근처 식당으로 갔다.

열이 많은 성찬은 고기를 굽는 걸 싫어한다며 요리되어 나오는 족발을 고집했다. 특별히 메뉴에 호불호가 없던 태섭과 지후는 그의 의견에 따랐다.

"털어봐."

소주 몇 잔이 돌고, 지후의 옆자리에 초록색 소주병이 하나둘 쌓이기 시작했을 때, 성찬이 분위기를 잡으며 자초지종을 묻기 시작했다.

"제 새끼라고 하셨잖아요? 근데 저한테만 그런 거지, 이건 그냥 소모품 취급하는 거잖아요. 기분 나쁘면 나가라는 거죠."

"그래서 둘 중 하나는 다시 공항 가라?"

태섭도 기가 막혔는지 헛웃음을 터뜨렸다.

"너는 인마 그 소리 그냥 듣고만 있었어?"

"팀장도 아닌 주제에 말이 많다는데, 거기다가 대고 무슨 말을 더해요."

"하, 정말 이 회사가 누구 회사인지도 모르겠네. 완전 자기 마음대로야."

술기운 때문인지 화 때문인지 성찬의 얼굴은 붉다 못해 검게 변하고 있었다. 그는 핸드폰을 집어 들고 어딘가에 전화를 걸었다.

"난데!"

"네, 부장님."

전화기 너머로 들린 목소리는 공항 사무소의 이정수였다. 일이 공항에서 벌어진 만큼 성찬은 직접 확인하고 싶었다. 그러나 천용복은 원만에게 유리하게 말할 것이 분명했기에, 정수에게 전화를 걸었다.

"일이 그렇게 바빠? 원래 하던 일 아니야? 운송장 뽑고 접수하는 게?"

성찬의 몰아붙이는 말투에 정수는 한동안 대답을 못 했다.

"빨리 대답 안 해?"

"아, 부장님. 잠시만요. 자리 좀 옮기고요."

조용한 곳으로 이동한 정수는 깊은 한숨을 내쉬며 말을 꺼냈다.

"저희가 그걸 왜 못 하겠어요. 천 소장이 갑자기 구 전무에게 무슨 지시를 받은 건지 오늘 갑자기 아침에 그런 통화를 하더라고요. 저희도 의아해서 물어봤어요. 그랬더니 '그럼 우리가 좀 더 편할 거 아니야.' 이래요. 저 인간만 제 역할만 해도 문제없을 텐데, 매번 자리를 비우고 바쁠 때는 없어요. 저희는 당장 지게차 타고 물건 받고 반입 잡을 사람이 필요해요. 저런 천 소장 같은 사람 말고요."

"천 소장, 이 새끼도 가관이네."

통화를 마친 성찬은 소주를 연거푸 들이켰다. 태섭도 속이 타긴 매한가지였다. 작은 중견 기업임에도 내부에서 벌어지는 암투와 견제, 시기와 파벌 싸움은 대기업 못지않았다.

"또 어디 전화하려고 그래요. 그냥 술이나 마셔요."

"아니, 이래서 우리가 화주를 유치해도 불안해서 업무부에 일을 맡길 수 있겠어? 집중해도 모자라는데 왜 자꾸 사람들을 들쑤셔 놓는지 모르겠네."

대답과 동시에 성찬은 어느새 통화 버튼을 눌렀다. 이번엔 채이수였다.

"자리 옮기자. 사장님도 한잔하고 계시네."

회사 근처의 조용한 바에서 이수는 혼자 술을 마시고 있었다. 그도 기분이 여간 언짢은 게 아니었다. 오늘도 원만과의 갈등 때문에 언성을 높일 뻔했지만, 그는 화를 꾹 참아야만 했다.

업무부의 본사 복귀가 확정된 며칠 후, 이수가 진범의 집에 왔다. 이날은 오랜만에 가족 식사를 위해 모인 자리로, 채 회장의 아들들과 며느리, 손주들까지 모두 한자리에 모였다. 하지만 이수의 표정은 내내 어두웠다.

"모처럼 다들 모였는데, 얼굴이 왜 그러냐?"

내내 불편한 기색을 보이는 이수가 마음에 들지 않아 진범이 한마디 했다.

"집에까지 회사 일 가지고 오지 마."

식사 후, 진범은 이수를 서재로 불렀다. 어머니는 두 사람이 마실 차와 다과를 준비해 탁자 위에 놓고 조용히 나갔다.

"구 전무는 내가 불러온 사람이야. 내가 직접 데려왔으니 함부로 어떻게 하는 게 쉬운 일이 아니야."

"하지만 그 사람은 지금 계속해서 선을 넘고 있어요."

"솔직히, 네가 좀 미덥지 않아서 그를 불러서 너를 돕게 하고자 한 것도 사실이다. 그런데 그때의 내 결정이 지금 후회스럽다."

진범의 얼굴에는 깊은 고심이 가득 묻어났다. 방 안에는 한동안 침묵이 흘렀다. 그가 다시 입을 열었다.

"지금은 구 전무가 하자는 대로 해. 어디까지 우리 회사를 망가뜨리는지 한번 지켜보자고."

"직원들 분열이 문제에요. 구 전무가 계속 편을 가르고 있어요. 자신 편에 서지 않으면 괴롭혀서 결국 사표를 쓰게 만들어요. 지금은 이지후 과장이 타깃이죠. 만약 이지후 과장이 나가면 업무에도 큰 타격이 예상되고요. 그리고 얼마 전에 관리부 여직원이 퇴사했는데, 그 일 역시 구 전무와 무관하지 않아 보입니다."

관리부 여직원의 퇴사는 모든 직원에게 충격이었다. 사표를 낼 조짐이 전혀 없었던 그녀는 개인적인 사유를 이유로 급히 회사를 떠났다. 특별히 그녀를 괴롭힌 선임도 없었고, 관리부 특성상 다른 부서와 충돌할 일도 없었다. 평소 원만의 심부름이나 스케줄 관리 등을 도맡아 했기에, 그녀의 퇴사에 그가 관련이 있을 거라는 추측만이 돌고 있었다.

"그것도 자세히 조사해 봐."

진범의 눈썹이 미세하게 떨렸다. 그는 누구보다도 자신이 일군 회사가 세상 앞에 당당한 회사가 되기를 바랐다. 그 자존심에 흠집을 낸다면, 그 상대가 누구든지 가차 없이 대응할 준비가 되어 있었고, 때가 되면 주저 없이 칼을 빼 들 사람이었다.

 방 안에 다시 침묵이 흘렀다. 진범은 깊은 고민에 잠겼다.

## 17화. 월권

  사장실 안, 이수와 원만, 그리고 성찬이 회의 테이블에 앉아 있었다. 성찬의 시선은 갈피를 잃고 심하게 요동치고 있었고, 무언가 할 말은 많았으나 차마 입으로 내지 못하는 모습이었다. 그의 붉어진 얼굴과 목은 억눌린 분노를 고스란히 드러내고 있었다. 이수는 이미 모든 걸 체념한 듯, 반대편 벽을 멍하니 바라보고 있었다.
  "혹시 반대 의견 있으신가요?"
  원만의 물음에 두 사람은 대답하지 않았다.
  "다들 왜 말을 안 하십니까? 제가 독단적으로 결정한 게 아닙니다. 의견을 물었습니다. 반대하시면 말씀하셔야죠."
  원만이 다시 물었으나, 그들은 여전히 침묵했다.

"그러면 반대가 없는 것으로 알고, 말씀드린 대로 결재 올리겠습니다."

원만은 결재 서류를 작성하기 위해 방을 나갔고, 이수와 성찬만 방에 남았다. 성찬은 테이블 위의 물을 벌컥벌컥 마시더니, 참았던 한숨을 크게 내쉬었다.

"이건 명백한 월권행위입니다."

"구 전무도 그걸 알아요. 그래서 우리에게 계속 반대 의견을 물은 거죠. 우리가 대답하지 않을 걸 알고 있었으니까요. 반대하지 않으면 암묵적으로 동의한 셈이 되는 거니까."

"암묵적 동의라니…"

이수도 속이 타들어 가는 기분이었다. 회사 운영이 이토록 답답한 일이었다면, 사장의 자리도 다 내려놓고 싶은 심정이었다. 그는 아버지의 회사를 물려받아 직원들이 만족할 수 있는 복지와 업무 환경을 갖춘 회사를 만들고 싶었다. 그러나 그가 사장이 된 후에도 자신은 실질적으로 아무것도 할 수 없는, 그저 이름뿐인 허수아비였다. 모든 계획과 결정은 구원만에 의해 이루어졌고, 자신은 그저 원만이 올린 서류에 사인하는 역할만 했다. 사장으로서 의견을 내면 번번이 반박당했고, 반대해도 원만은 결국 원하는 바를 얻어냈다. 지금 같은 상황에서 자신은 그저 한없이 무능해 보였다.

"지후가 가만히 있을까요? 제가 지후라면 사표부터 쓸 것 같은데요."

성찬의 물음에 이수의 표정은 더욱 어두워졌다.

"회장님이 우선 두라고 하셨어요. 지금은 그 말씀을 따라야죠. 그리고 지후는…"

이수는 그 뒤의 말을 잇지 못했다.

"진 차장도 가만히 있지 않겠죠?"

"이제 알겠죠. 자기가 잡고 있던 줄이 얼마나 썩은 줄이었는지. 오히려 저는 그 사람이 이제 어떻게 나올지가 더 궁금해요."

얼마 뒤, 사내 메일로 새로운 인사 발령 공지가 전달되었다. 공지를 확인한 지후는 말없이 자리에서 일어나 사무실 밖으로 나갔다. 사람들은 그에게 아무 말도 걸지 못한 채, 그저 지후의 뒷모습을 바라보기만 했다.

"한동안 내가 이 짓 안 한다 했어. 내가 얼죽아라고 그렇게 말하면 뭐해? 한 번을 안 듣는다니까, 정말."

언제나처럼 단정한 정장 차림에 긴 머리카락을 바람에 흩날리며, 양손에 믹스 커피를 든 채린이 투덜거리며 옥상으로 올라왔다.

"왔어?"

"뭐야, 너 무슨 일이야?"

최대한 밝게 미소를 지으려 했지만, 채린은 단번에 지후의 속사정을 눈치챘다.

"티 나?"

"귀신을 속여 이지후, 뭔데? 누구야? 데리고 와. 이 누나가 가만 안 둘 테니까."

"나 그냥 퇴사할까 봐."

지후의 눈에 눈물이 맺혔다. 그동안 그가 얼마나 고생했는지 알기에, 채린도 마음이 아팠다.

"그래, 퇴사하자! 우리 지후, 오라는 데가 얼마나 많은데. 확 사표 써버리자!"

채린이 지후의 어깨를 토닥였다. 고개를 돌려 채린을 바라본 지후는 그녀의 눈에도 눈물이 맺힌 것을 보았다.

"그래도 너랑 계속 연락할 거야."

"당연하지, 안 할라 그랬냐?"

그제야 지후의 얼굴에 미소가 피어났다. 누군가에게 속마음을 털어놓고, 의지할 수 있다는 건 큰 위안이자 행복, 그 이상이었다. 채린의 얼굴을 보는 순간, 지후의 복잡했던 감정도 차분해졌다.

"너 없으면 나 혼자 아이스 아메리카노나 실컷 마셔야겠다."

"네가 타 준 커피 맛이 그리울 것 같아서 안 되겠다. 퇴사한단 말 취소! 퉤퉤퉤."

"얼죽아라니까!"

채린이 조용히 지후의 어깨를 한 번 더 토닥였다. 지후도 다시 한번 미소를 지었다.

■■■■

다음 날부터 장길창 과장, 아니 차장은 영업부에서 하던 일을 인수인계하고 항공수출부로 보직 이동을 준비했다. 사실 그가 인수인계할 일은 거의 없었다. 그리고 항공수출부의 신입 여직원 중 한 명을 구원만이 임의로 선택하여 공항 사무실로 발령을 냈다. 문제는 여기서 발생했다.

"아직도 연락 안 돼?"

"네, 안 받습니다."

을도의 물음에 지후의 얼굴에는 아무런 표정이 담겨 있지 않았다. 마치 이런 일이 일어날 줄 알았다는 듯, 초연한 모습이었다.

　인사 발령이 나온 다음 날, 신입 여직원 두 명은 모두 출근하지 않았다. 본사로 출근한 지 얼마 되지 않아 갑자기 한 명만 공항으로 발령된 것, 그리고 친구 사이였던 두 사람이 떨어지게 된 것 등이 그들의 퇴사의 이유였다. 비록 무단 퇴사는 옳지 않지만, 그들의 입장 또한 이해가 안 가는 건 아니었다.

　"이게 네가 말한 관리고, 도태야?"

　원만은 이번에도 지후를 호출해 그에게 책임을 전가했다.

　"이래서 네가 팀장 자격이 없다는 거야. 이렇게 증명이 되잖아. 안 그래? 내가 30년 가까이 이 업계에 있었는데, 무단 퇴사는 처음 있는 일이야! 이거 네가 다 감당할 거야?"

　지후는 여전히 말없이 서 있었다. 적반하장도 이런 적반하장이 없었다. 퇴사를 종용하고 등 떠민 사람이 어떻게 이리 당당할 수 있을까. 그의 철면피가 한편으론 감탄스럽기까지 했다.

　"내가 이럴 줄 알고 장길창 차장을 미리 보직 이동시킨 거야. 내 30년 경험이 이런 데서 빛을 발하지. 그러니까 넌 나한테 고마워해야 해. 앞으로 장 차장이 팀장 역할 할 테니까 잘 보필해. 넌 팀장 자격 빵점이야, 인마. 그러면서 어디 자기가 팀장인 척 까불어 까불기는!"

원만은 이미 길창을 차장으로 부르는 게 익숙해진 듯했다. 지후가 전무실에서 나오자, 성찬과 숙현의 시선이 전무실로 향했다. 숙현의 시선이 원만과 마주쳤다. 성찬은 방에서 시선을 돌려 길창을 쏘아보며 모두 들으라는 듯 말했다.

"회사 꼴 잘 돌아간다, 정말."

길창은 성찬의 시선을 의식하지 않은 채 컴퓨터 화면만 응시했다.

지후는 자리로 돌아왔지만, 일에 집중할 수 없었다. 자존심이 상한 그는 당장이라도 회사를 떠나고 싶은 마음이었다. 그때 숙현에게서 메시지가 도착했다.

[뱁새 눈깔 전무가 나를 주시하고 있다. 숨 막히네. 저 자식 눈깔에 빨대를 꽂고 싶다.]

그 메시지에 지후는 자신도 모르게 풉하고 웃음이 터져 나왔다.

[힘내요. 이 말밖에 해 줄 수 없는 현실이 지랄 같네. 그래도 힘내요.]

지후는 자리에서 허리를 쭉 세워 숙현을 바라보며 고맙다는 눈빛을 보냈다. 숙현도 작게 미소 지으며 화답했다.

결국 무단 퇴사한 두 신입 직원들은 퇴직 처리가 되었고, 지후는 이제 직급이 높은 길창과 일해야 했다.

"내가 지금까지 했던 업무가 혼재사 업무였다 보니, 이 과장이 나한테 일 가르쳐 줘야 해."

"왜 제가 과장님한테 업무를 가르칩니까?"

길창이 지후를 쏘아보았다. 지후는 차장을 과장이라고 부르고 있었기 때문이었다. 그리고 "네"라는 대답이 바로 나오지 않은 까닭이었다. 지후는 그를 차장이라 부를 수 없었다.

"그럼, 윤 계장한테 배워야 하나?"

"그러시던가요."

지후는 그가 상사로 온 것도 불만인데, 일까지 가르쳐 줄 생각은 더더욱 없었다. 현진 역시 마찬가지였다.

"잠깐 밖에 나가서 얘기 좀 하지."

길창이 지후를 사무실 밖으로 불러냈다. 계단실에 마주한 두 사람. 말할 때마다 한쪽 입술이 먼저 들리는 길창의 모습은 여전히 불쾌했다.

"야, 너 나한테 잘해야 돼."

다른 사람들이 보지 않는 곳이라고 길창은 대놓고 지후를 하대했다. 드디어 대놓고 본색을 드러내는 모습에 지후는 대체 어디까지 참아야 하는지 머리가 어질했다.

"내가 너보다 윗사람이잖아. 잘해야 나중에 진급할 때 내가 좋게 말해주지 않겠냐? 알아서 처신 똑바로 해라. 어디서 씨."

길창은 지후를 향해 비릿하게 웃어 보이고는 사무실로 돌아갔다. 자신이 이겼다는 승리감에 도취 된 듯했다. 지후는 계단에 앉아 화를 식히기까지 한참이 걸렸다. 자신에게는 그토록 어려운 진급이 저 사람에게는 뭐가 그리도 쉬운지 원망스러웠고 분노가 치솟았다.

자리로 돌아온 지후는 한동안 멍하니 모니터를 바라보다가 메신저를 켰다. 곽원이 눈에 띄었다.

[형님……]

그가 메시지를 확인했지만, 평소와 다르게 바로 답장이 오지 않았다.

잠시 후, 답장이 왔다.

[많이 힘드냐?]

그 한마디에 지후는 더 이상 감정을 억누를 수 없어 사무실 밖으로 달려 나갔다. 본인을 찾는 말투에서 지후의 감정을 알아채고 위로의 말을 건네는 곽원의 한마디에 지후는 속에 있는 감정들이 한순간에 쏟아져 나왔다.

[힘내, 인마. 지금 잘하고 있어.]

## 18화. 객기

"장 차장, 네가 한 번 가격 협상해 봐."

쭈뼛거리는 길창에게 구 전무가 채근했다.

"아니, 서영항공 곽원 부장이랑 호형호제한다며. 이 정도는 어렵지 않잖아, 안 그래?"

"제가 아직 보직 변경하고 자리를 완전히 잡은 게 아니라서 제가 연락하기엔 시기상조가 아닐까 싶습니다."

"자리를 잡고 못 잡고 가 어디 있어. 무슨 그런 쓸데없는 걱정을 해, 이 답답한 사람아. 진 차장이 연락해 봐 그럼."

을도도 역시 머뭇거렸으나, 원만의 눈치를 보며 자신이 직접 해보겠다며 밖으로 나갔다. 원만은 지후가 항상 해왔던 항공사와 혼재사 가격 조율을 길창에게 시키고 싶었지만, 그의 소극적인 태도가 아쉬웠다.

이 상황에서 가장 조급한 사람은 진을도였다. 자신도 마음에 내키지 않았지만, 지금 기회에 자신도 무언가를 보여줘야 한다는 생각이었다. 길창이 자신과 같은 직급을 달고 있다는 사실이 위기감으로 다가오긴 한 모양이었다.

"장 차장, 이런 일은 네가 딱 잡아서 해야지. 다른 사람한테 넘길 거야? 그러다 진 차장이나 다른 사람이 가격을 잘 받으면 네가 손해잖아. 이제 네가 항공부 총괄도 해야 하는데, 이렇게 소심하게 나오면 어떻게 해?"

"제가 총괄이요?"

목소리를 낮춰 말하는 구 전무에 맞춰 장길창도 작게 대답했다. 진을도가 있음에도 본인에게 총괄 이야기를 하는 것을 의아하게 여기지 않고 오히려 눈에 빛을 내며 입꼬리가 올라가 있었다.

자리로 돌아온 을도는 곧바로 서영항공의 곽원 부장에게 전화를 걸었다.

"그런 경우가 어디 있습니까? 정식적으로 공문을 보내시라고요."

다른 사람이 행여나 들을세라 작은 목소리로 통화하던 을도의 언성이 갑자기 높아졌다.

"운임 인상에 관한 부분으로 따로 공문은 발행하지 않습니다. 항공사에서도 운임 인상한다고 공문 안 보내잖아요."

"정 그러시다면, 저희는 서영항공과 더 이상 거래하지 않겠습니다."

을도의 돌발 발언에 사무실 안 모든 직원의 이목이 쏠렸다. 서영항공은 혼재사 중 가장 규모가 컸고 KOR인터와의 거래량이 적지 않았다. 어느 혼재사가 되었든 포워더 처지에서 아무런 득이 될 수 없는 결정이었다. 혼재사 입장에서도 거래하는 포워딩 업체가 많을수록 좋긴 하겠지만, KOR인터 같은 업체 한두 개 없는 것으로 서영항공은 아쉬워할 위치가 아니었다. 이런 협박성 발언은 일절 통하지 않았다. 더욱이 곽원은 이런 강압적인 말에 눈 하나 깜빡하지 않는 성격의 소유자였다.

"그러시죠. 저희가 무서울 줄 아십니까? 거래하지 마시죠!"

"전화 끊겠습니다!"

화가 나 씩씩거리면서 을도가 신경질적으로 수화기를 내려놓았다. 그리고 곧바로 원만을 찾아가 서영항공과의 거래를 끝내겠다고 알렸다.

"진 차장, 가격 협상하라 했더니 거래를 끊으면 어떡해?"

그때까지 방 안에 있던 원만과 길창은 갑작스러운 통보에 당황한 표정으로 을도를 바라보았다.

"빨리 다시 전화해서 미안하다고 하라고!"

"싫습니다."

"왜 이러는 거야 이 사람아! 장 차장, 네가 해."

하지만 길창은 여전히 주저하며 전화하려 하지 않았다. 을도는 여전히 화가 가라앉지 않아 씩씩거리고 있었다. 전무실에서 서로 눈치싸움을 벌이는 사이 지후의 핸드폰이 울렸다. 곽원이었다.

"형님, 무슨 일이에요?"

"진을도 얘는 또 뭐냐? 나, 너네랑 더 이상 거래 안 할 거니까 그렇게 알아둬."

화가 머리끝까지 난 곽원의 욕설과 분노가 고스란히 지후에게 쏟아졌다.

"형님, 제가 사과드릴게요. 형님이랑 거래 끊으면 저희 화물 어디로 가요! 죄송해요, 한 번만 봐주세요."

"내가 뭐가 아쉬워서 너네랑 거래하냐? 지후 너 때문에 하는 거지, 우린 너희 같은 회사 하나 없어져도 손해 볼 일

없어! 아니, 맨날 손해 보고 있는데 이제 손해 줄어드는 거지! 차라리 잘 됐어!"

"알죠. 그럼요. 그래서 제가 사과드리는 거잖아요."

"됐어. 끊어!"

최근 수출 물량이 급증하면서 항공사들은 가격을 지속적으로 인상했다. 그럼에도 곽원은 지후를 생각해 기존 가격을 유지해 주었다. KOR인터는 두 사람의 관계에 의한 가격 고수임을 모르고 마치 그것이 당연한 듯 받아들였다. 하지만 항공사의 가격은 계속해서 인상되었고, 더 이상 기존 가격 유지가 어려웠던 곽원은 kg당 50원의 가격 인상을 요청했다. 타 업체에 비하면 아주 적은 금액이었으나, 마침 을도가 곽원에게 전화를 걸었기에 이때다 싶어 가격 인상을 언급했다. 가격 협상을 위해 전화를 걸었던 을도는 그 부분이 심히 거슬렸다. 특히 구 전무의 시각에서 보면, 을도가 전화를 걸었기 때문에 가격이 인상되었다고 오해할 여지가 충분했다. 원만은 이를 꼬투리 삼아 말을 만들 사람이었다. 이를 우려한 을도는 그에게 억지를 부리며 언성을 높였고, 이에 곽원도 평소 교류 없던 사람이 다짜고짜 소리를 높이니 기분이 상해 함께 목소리를 높였다.

다음 날, 원만은 지후를 방으로 불렀다.

"앞으로 서영항공 쓰지 마."

지후는 황당해서 말을 잇지 못했다. 원만이 말을 덧붙였다.

"진 차장이 책임지겠다잖아. 그러니까 그렇게 알고 서영항공은 이제 쓰지 마."

을도가 어떤 방식으로 책임을 질 수 있다는 것인지 지후는 도무지 이해할 수 없었다. 그는 수입 업무만 맡아왔기에 국내 혼재사와의 인맥도 없었고, 서영항공을 사용하지 않음으로써 발생할 수 있는 스페이스 문제와 가격 문제들을 해결할 방안도 없었다. 더욱 기막힌 것은 모든 일이 원만의 지시로 시작되었음에도 구 전무 자신은 아무 책임이 없고 모든 책임을 을도가 져야 한다는 태도를 보였다는 점이었다.

"알았어. 그런데 내가 장담하는데, 나중에 아쉬운 건 너야. 내가 아니고. 그때는 지후, 네가 연락해라. 진 차장 전화는 내가 절대 받지 않게 해라."

하루 사이 곽원의 화는 많이 누그러졌지만, 곽원 부장의 말대로 아쉬운 건 서영항공이 아니었다.

당장 큰 문제가 발생했다.

"나 부장님, 오늘 10톤이라는데 스페이스가 없습니다."

지후에게 '씹톤지후'라는 별명을 안겨준 업체에서 또다시 대량 물량을 쏟아냈다. 하지만 지금은 서영항공을 사용할 수 없는 상황이었고, 당장 이 물량을 소화할 수 있는 혼재사는 없었다.

"서영항공에서 못 받는데?"

상황을 몰랐던 태섭은 의아한 표정을 지으며 지후에게 물었다. 지후가 을도와 곽원 사이의 일을 설명하자, 태섭의 표정이 심상치 않게 변했다.

"진 차장, 미친 거 아니야?"

태섭이 크게 화를 내자 사무실은 쥐 죽은 듯 조용해졌다. 보살이라 불리던 사람이 최근 들어 화를 자주 냈다.

"당장 10톤인데, 이걸 어디에 실을 거야? 업체가 떨어지면 진 차장이 책임질 거야?"

이 업체는 태섭의 가장 큰 실적을 만들어주는 곳으로, 매달 결제 금액도 상당했다. 특히, 화물은 반드시 당일 밤 항공기에 선적되어야 했고, 납기가 지연되면 화주의 손실이 엄청났다. 그 손실의 책임은 물류사에 돌아오고, 거래 단절로 이어질 가능성도 컸다. 그러나 지금 상황에서 을도는 1톤조차 실을 스페이스를 구하지 못했다.

"책임지면 될 거 아니에요!"

을도는 이에 질세라 태섭의 질책에 맞서며 목소리를 높였다.

"책임 못 지면 어떻게 할 거야?"

"사표를 쓰든, 제가 알아서 할 테니까 기다리시라고요."

큰 소리와 다르게 을도는 끝내 해결책을 찾지 못하고 있었다. 애꿎은 시간이 계속 흘렀고, 태섭은 더욱 조급해졌다.

"진 차장, 어떻게 할 거야 이거?"

얼굴이 벌겋게 달아오른 을도는 모니터만 바라본 채 아무런 대답도 하지 못했다.

밖에서 들려오는 소란에 구 전무가 방에서 나와 분위기를 살폈다. 잠시 고민하던 그는 길창을 방으로 불렀다.

"네가 곽원 부장 좀 달래봐."

이때다 싶었던 원만은 길창에게 다시 한번 곽원에게 연락해 보라고 지시했다. 길창은 이번에도 우물쭈물했다.

"지금이 기회야, 인마. 이런 문제를 해결해야 네 능력을 인정받지. 왜 안 하려고 해?"

"아직은 시기상조라…"

원만이 진심으로 답답해하며 머리를 감싸 쥐었다.

"너 솔직히 말해. 곽원 부장이랑 호형호제한다는 말, 그거 거짓말이지?"

길창은 긍정도, 부정도 하지 않은 채 그저 침묵만 지켰다.

"야, 이 자식아! 왜 그런 거짓말을 해, 이 미친놈아!"

원만의 얼굴은 화로 붉어지며 길창을 향해 큰 소리를 질렀다.

"이지후, 이지후!"

급한 마음에 원만이 지후를 소리쳐 불렀다. 그 순간, 이수가 동시에 지후를 호출했다.

"이지후 과장, 나 좀 봅시다."

직급상 사장이 우선이었기에 지후는 사장실로 들어갔다. 외근을 마치고 막 복귀한 성찬과 태섭도 불려 와 동석했다. 폭풍우가 몰아치는 사무실과 달리, 채 사장의 방은 고요하고 차분했다. 이수가 그 고요함을 깼다.

"지후, 이 상황 해결할 수 있겠어?"

"서영항공밖에 답이 없습니다."

"우리랑 거래 안 하겠다 했다면서."

지후가 깊은 날숨을 내뱉었다.

"잠시 전화 좀 해보겠습니다."

■■■■

시간이 흐르고, 태섭이 식은땀을 닦으며 자리에 털썩 주저앉았다. 사장실에서 나온 세 사람을 본 원만은 허탈한 표정으로 그들을 바라볼 수밖에 없었다. 그 앞에는 길창이 죄인처럼 앉아 있었다.

"아휴, 표정 보니 해결됐네. 해결됐어! 장길창 너 이 씨, 이걸 도대체 어디에 써먹을래. 확 씨."

쏟아지는 타박을 받으며 길창이 주먹을 움켜쥐었다. 사장실에서 네 사람이 문제를 해결하는 동안 길창은 원만에게 끊임없이 구박과 질책을 들었다. 처음엔 죄책감에 모든 비난을 받아들였지만, 시간이 흐르면서 미안함이 점차 불편함으로 바뀌었고, 결국 그 감정은 분노로 치닫고 있었다.

"전무님이 해결해 주실 수는 없었습니까?"

항상 누군가에게 문제를 해결하라고 지시할 뿐, 본인은 나서지 않는 원만의 태도에 길창이 따지고 들었다.

"뭐라고, 이 자식아? 너 이 새끼가 여기까지 데려온 게 누구인데 얻다 대고 말대꾸를 해!"

"전무님도 저한테 마냥 이러시면 안 되실 텐데요."

원만은 올라오는 욕을 눌러 참으며 길창을 노려봤다. 하지만 길창은 그 눈빛에 아랑곳하지 않고 고개를 반듯이 세운 채 자리에서 떠났다. 사무실 밖으로 나오며 그는 지후를 매섭게 노려보았다. 그 차가운 눈빛에 사무실 분위기는 순간 얼어붙는 듯했다.

"장 차장, 잠깐 나 좀 보자."

공 상무가 길창을 불러 밖으로 데리고 나갔다.

다음 날, 아침 일찍 원만은 또다시 독단적으로 결재 서류를 작성해 이수의 책상 위에 올려놓았다.

# 19화. 그들의 속마음(색깔, 墨)

● **진을도의 속마음**

 문밖에 서 있는 내가 보이지 않았는지 소곤거리는 소리가 끊이질 않았다. 손에 들고 있던 다이어리가 부들부들 요동치기 시작했다. 다이어리를 쥐고 있는 손에 나도 모르게 힘이 들어갔기 때문이다.

 구 전무의 방에서 막 나온 나는 무언가 다시 확인할 게 있어서 돌아왔다. 구 전무는 본인의 허락 없이 무언가를 처리하면 난리를 치는 사람이다. 그러나 지금은 그게 무엇이었는지 기억조차 나지 않는다. 다만, 그 확인을 위해 방에 들어가려던 찰나, 나는 분명 들었다. 구 전무가 장길창에게 총괄을 맡기려 한다는 것을. 내가 아닌 그 장길창에게 말이다.

그동안 내가 해 온 건 대체 무엇이었나? 나는 구 전무의 지시 사항을 충실히 이행했다고 생각한다. 나 스스로 부당하다고 느꼈던 일들도 많았지만, 군말 없이 그의 뜻에 따랐다. 다른 직원들을 괴롭히는 것도 묵인했다. 직원들이 나를 어떻게 보든 상관없이, 나는 언제나 구 전무의 편을 들어 줬단 말이다. 하지만 끝내 당신이란 사람은 날 이런 식으로 밀어냈다.

모든 것은 장길창이 차장으로 특별 승진하면서 어긋나기 시작했다. 아무 성과도 없는 과장이 대체 무엇을 잘해서 차장으로 올라갔단 말인가? 같은 부서에 차장이 두 명이라니. 처음에는 지후가 불쌍하다고 생각했지만, 이제 와 생각해 보니 가장 불쌍한 사람은 나였다. 나는 이렇게 한순간에 소외되는 존재가 된 것이다.

화를 추스르기도 전에, 나는 곧장 수화기를 들었다. 나는 내 의도와 다르게 상대방에게 분노를 쏟아냈다. 나도 내가 무슨 말을 하고 있는지 모르는 채로 그저 화만 내는 나 자신을 보면서도 멈추지 못했다. 문득 정신을 차리니, 사무실 전체의 시선이 나에게 쏠려 있었다. 그 시선이 오히려 나를 더 짜증 나게 했다. 뭐 어쩌라고.

책임을 져야 하는 상황임에도, 그 책임을 질 능력이 없다는 걸 나도 잘 알았다. 어쩔 수 없이 다른 업체들을 알아보며 해결책을 찾으려 했지만, 뾰족한 수가 나오지 않았다. 마음은 점점 조급해지는데, 내색할 수는 없었다. 자존심이 상했으니까.

 계속해서 옆에서 질책하는 나태섭 부장이 너무 거슬렸다. 내 속은 이미 당장 때려치우고 싶은 생각뿐이었다. 그러던 중 지후가 전화를 받으며 사무실을 나가는 모습이 보였다. 그놈이 곽원 부장이랑 통화하러 가는 게 분명했다. 새파랗게 어린놈이 뭐가 그렇게 잘났다고 나대는지 꼴이 우습다. 인맥도 이 회사 덕에 생긴 것이고, 그럼 회사의 것이 아닌가. 그걸 자신만의 권력인 양 휘두르는 모습이 역겹다.

 아침에 출근하자마자 채이수 사장에게 문책당한 것도 짜증이 밀려왔다. 차장이라는 사람이 사고나 치고 뒷정리를 부하 직원에게 시켰다고 한다. 결국 나, 진을도라는 사람이 다시는 서영항공과 연락하지 않는다는 조건으로 지후가 상황을 정리했다고 한다. 참을 수 없는 치욕감이 밀려왔다. 채이수는 나보고 색깔을 확실히 하라고 한다. 내가 색깔을 확실히 하지 않았다고? 나는 회장님 측근으로 들어온 구 전무의 줄을 잡았을 뿐이잖아. 그것이 썩은 줄일 줄 내가 어떻게 알았단 말인가. 누구나 힘 있는 사람 등에 업혀 올라가고 싶어 하지 않나? 내가 뭘 그렇게 잘못했는데… 짜증 나네.


● **구원만 전무의 속마음**

배은망덕한 놈들. 내가 얼마나 신경 써서 챙겨줬는데, 보답이 뒤통수나 치는 거냐? 진을도 이 자식, 가격을 받아 오라 했더니 거래를 끊지 않나. 사고를 쳤으면 자기가 해결해야 할 거 아니야. 왜 해결도 못 할 사달을 내서 일을 이 지경으로 만드는 거지? 기껏 쌓아온 탑을 자기 손으로 무너뜨리다니. 그러니까 회장님이니 채 사장이니 다 인정을 안 하는 거지. 모자란 놈이라도 잘 타이르면 쓸모 있을 줄 알았는데, 완전 맹탕이잖아. 그러면서 나한테 감히 소리를 질러?

아, 그런데 매번 고분고분하던 놈이 갑자기 왜 이러는 거야? 한 번 주인을 문 개는 다시 문다고 했으니, 이제 이놈은 더 이상 쓸모가 없겠어. 아이 씨, 처음부터 이지후를 엮어야 했는데, 그 새끼는 왜 그렇게 딱딱한 건지. 그놈 말을 조금만 들어줘야 했나? 이거 대체 어디서부터 갈아엎어야 하는 거야? 이러다 나도 어떻게 되는 거 아니야?

장길창, 이놈도 문제야. 내가 진급까지 시켜줬으면 엎드려 절해도 모자랄 판에 나한테 대들어? 그런데 이놈이 대체 뭘 쥐고 있는 거지? 아무리 생각해도 나한테 타격 줄만한 게 없어 보이는데. 설마 그건가? 에이, 아니겠지. 그럼 자기도 복잡해질 텐데. 설마 '너 죽고 나 죽자' 이런 건 아니겠지? 아, 썩을. 능력도 없는 놈 말 좀 잘 들으라고 했건만. 속이 시키면 해서 보이지 않네. 찌질하게 있던 놈 손 한번 잡아줘서 써먹으려 했더니, 여기서도 찌질하구나. 몰라, 나한테 피해 오기 전에 먼저 손 써야겠다.

## ● 장길창 차장의 속마음

이 뱀 같은 늙은이. 결국 나까지 내치려는 거지? 내가 가만있을 줄 알아? 전 회사에서도 그렇게 손에 피 묻히더니, 여기서도 똑같군. 구 전무 당신 발자국에 붉다 못해 검은 피가 묻어나는 걸 당신은 아나 모르겠네. 그리고 지금 당장 내 눈앞에 서 있는 공효승 상무에게… 이 사람한테 무슨 패를 보여줘야 하나? 어떤 패든 당신한테는 치명적일 텐데.

 당신이 그렇게 움켜쥐고 있던 걸 내가 무너뜨릴까, 말까? 이지후 그놈만 아니었어도, 내 구라가 이렇게 빨리 들통나진 않았는데, 이 개자식. 여기도 이제 별 볼 일 없겠군.

## 20화. Hidden DG

그 사단이 있었던 날 이후, 회사는 마치 폭풍 전야처럼 고요했다. 누구도 먼저 소란을 일으키지 않았고, 새로운 일을 시작하려는 움직임도 보이지 않았다. 모든 직원은 그저 무탈하게 하루하루가 지나가기를 바라며 시간을 보내고 있었다. 원만이 독단적으로 올린 결재 서류의 내용은 그 이후로도 알려지지 않았다. 오직 이수만이 그 내용을 알고 있을 뿐이었다. 마치 살얼음판 위를 걷는 듯한 분위기가 계속되던 어느 날이었다.

"이 과장님, 대체 안에 뭘 넣은 거야?"

저녁 늦게 걸려 온 최상진 차장의 전화는 언제나 불길했다. 지후의 예감대로 상진의 목소리는 다급했다.

물류 업체는 규정상 화주의 허락 없이는 입고된 화물의 내용물을 직접 확인할 수 없다. 만약 화주가 서류에 기재된 것과 다른 물품을 몰래 넣었다면, 물류 업체는 이를 사전에 확인할 방법이 없다. 그래서 세관에서는 수출신고필증을 발급하기 전, 무작위로 제품을 선정해 실물 검사를 진행하고, 신고 내용과 실제 화물이 다를 경우 수출 정지 및 과태료 처분을 내리기도 한다.

하지만 이번 사건은 상황이 조금 달랐다.

"제품이 왜요? 저는 서류도 못 봤어요."

문제가 된 제품은 KOR인터가 취급한 게 아닌, 다른 회사에 빌려준 운송장(B/L)에 있었다. 회사마다 주요 취급국가가 다르고 그에 따른 특별운임이 항공사로부터 따로 책정된다. 친분 있는 물류사끼리 저렴한 운임을 위해 서로 항공사 예약을 부탁하는 경우가 있는데, 이런 경우 예약을 해주는 업체는 단순히 예약 번호만 전달할 뿐, 실제 화물이 무엇인지는 모르는 경우가 많다.

이번에 선적된 제품은 가전제품이었다. 가전제품 자체는 문제가 되지 않지만, 문제는 그 안에 포함된 무선 청소기였다. 보통 무선 청소기에는 리튬 배터리가 들어있는데, 이는 항공사가 매우 주의 깊게 살펴보는 품목 중 하나다.

리튬 배터리는 파손되거나 흠집이 나면 화재나 폭발의 위험이 크다. 일단 불이 붙으면 진압하기도 쉽지 않다. 과거 인천공항을 출발해 중국 상하이로 향하던 화물기에 리튬 배터리로 인해 화재가 발생해 항공기가 제주 인근 바다에 추락한 사례도 있다. 이 사건 이후 항공사들은 리튬 배터리가 장착된 제품의 선적을 매우 까다롭게 관리하기 시작했다.

리튬 배터리가 포함된 제품은 반드시 사전에 신고되고, 전용 라벨을 부착해야 한다. 그러나 이번 경우에는 사전 고지 없이 반입이 이루어졌고, 엑스레이 검사에서 이상이 포착되었다. 이는 항공기 안전에 큰 위협을 초래할 수 있는 Hidden DG*에 해당했다. 이를 발견한 항공사는 국토부에 신고할 의무가 있으며, 상황이 심각할 경우 해당 회사는 금수조치(엠바고)*까지 받을 수 있었다.

"지금 여기 난리 났어! 엠바고 시키래! 국토부에 신고 들어가야 한다는데?"

국토부에서 신고가 접수되면 상황은 더욱 심각해진다. 잘잘못과 의도성을 따져봐야 하겠지만 단순히 이 문제에

---

*Hidden DG(Dangerous Goods) : 숨겨진 위험 물품
*금수조치(Embargo) : 이 회사의 화물은 더 이상 받지 않는다는 조치

대한 과태료는 어마어마했다. 물론, 향후 수출 활동에도 지장을 초래할 수 있다. 지후는 머리가 터질 것만 같았다. 안 그래도 회사 내 분위기가 살벌한 상황에서 이 일이 보고되면 엄청난 후폭풍이 예상됐다.

"MSDS(물질안전보건자료)* 빨리 찾아서 줘 보세요."

예전에 화물 영업부에 발령받기 전, 상진은 잠시 DG 교육 교관이었다. 그의 머릿속에 번뜩이는 생각이 들었다. 늦은 시간이었지만, 지후는 서둘러 업체 담당자의 연락처를 부랴부랴 찾아 MSDS를 요청해 받아냈다.

제품의 형질이 액체, 기체, 가루의 형태일 경우 무조건 해당 MSDS가 항공사에 제출되어야 한다. MSDS 상에 위험 물품으로 분류된 경우, 그에 맞는 포장 작업을 진행하고 선적해야 한다. 배터리 역시 MSDS가 존재하며 가장 크게 영향을 미치는 사항은 전압과 전류다.

"하…"

상진의 한숨이 길었지만, 내뿜는 분위기에서 심각함이 사라졌다는 게 느껴졌다.

"이 과장님. 나한테 아주 큰 빚 졌어. 꼭 기억해 둬요! 내

---

*MSDS(Material Safety Data Sheet) : 물질안전보건자료. 해당 물질에 대한 안정성과 위험성, 누출 시 처리 방법, 노출, 흡입 시 조치 방법, 그리고 운송 시 취급 방법 등이 적힌 자료

가 꼭 받아낼 테니까!"

천만다행히도 이번 배터리의 전압이 높지 않았고, 위험물 특수 포장이 필요하지 않은 제품으로 분류된 경우였다. 일정 전압 이하의 배터리는 일반 제품에 준했다. 상진은 교관 시절 기억을 짜내어 이 점을 가지고 현장에 설명했다. 다행히 현장은 상진의 말에 동의하며 단순 라벨 누락으로 마무리하며 보수 작업만 진행하기로 했다.

다음 날, 지후는 출근하자마자 전날 상황을 이수에게 보고했다. 과태료가 크게 나올 수 있었다는 이야기를 들을 때 이수는 놀라는 표정을 지었다가, 상황이 잘 해결되었다는 마무리에 안도의 한숨을 내쉬었다.

"운이 좋았습니다."

지후의 말에 이수가 그를 빤히 쳐다보았다.

"정말 그게 운이라고 생각해?"

"예?"

"운도 실력이야. 네가 그동안 열심히 일하고, 사람들과 잘 지내왔기 때문에 어제 같은 일도 해결할 수 있었던 거라고 난 생각해. 단순히 운이 아니야. 그런 상황에서 발 벗고 나서줄 사람이 얼마나 되겠어? 엠바고 먹고, 과태료 내라고 나 몰라라 할 사람, 이 바닥에 수두룩해."

이수의 말은 일리가 있었다.

"최상진 차장, 언제 한 번 저녁 대접해야겠네."

"그러면 좋아할 겁니다."

그 후, 렌트 비엘을 받아 가던 업체와는 거래가 종료되었고, 회사 내부적으로도 렌트 비엘 영업 자체가 금지되었다. 감수해야 할 위험성이 너무 높다는 이유와 마진율이 높지 않았기 때문이었다.

평소 같았으면 원만이 펄쩍 뛰며 지후를 괴롭혔겠지만, 그는 조용했다. 어찌 된 일인지 원만은 전무실에 틀어박혀 외근을 나갈 때만 잠시 모습을 보일 뿐, 실질적인 화물 운송 업무 일에는 아무런 관여하지 않았다.

얼마 전 이수는 원만을 불렀다. 그가 독단으로 올린 결재 서류 때문이었다.

"지금 뭐 하시는 겁니까?"

"제가 뭘요?"

원만은 태연하게 반문했다.

"올리신 서류가 잘못된 것 같아서요. 그렇게 생각하지 않습니까?"

이수는 대답과 함께 서류를 내밀었다. 사장의 결재란에는 아직 아무 서명이 되어 있지 않았다. 순간 원만의 눈썹이 꿈틀거렸고, 머릿속이 복잡해졌다.

"전무님. 자꾸 이러시면 저도 곤란합니다. 지금 제 권한에 도전하는 걸로 받아들여도 되겠습니까?"

어딘가 모르게 이수의 목소리는 편안했다.

"사장님, 저는 이 회사가 잘되길 바랄 뿐입니다. 어느 한쪽을 편애하거나 힘이 쏠리는 건 바람직하지 않다고 생각해서 한 결정입니다."

"편애라…"

이수가 비릿한 웃음을 지었다. 원만은 잠시 머뭇거리며 이수의 눈치를 살폈다. 그리고 본능적으로 위기감을 파악했다.

"지금은 문제가 없지만, 앞으로 더 큰 일을 막기 위해서입니다. 제 눈에는 그게 딱 보여요."

"신내림이라도 받으셨나 보죠?"

다소 공격적인 말투에도 원만은 그저 쩔쩔매기만 했다. 평소 같으면 이미 온갖 이유를 대며 이수의 기분이 어떻든 상관없이 자신이 하고 싶은 말을 다 내뱉었을 사람이 지금은 그저 그의 눈치만 살피고 있었다.

"회장님도 저에게 위기 상황이 발생하기 전에 대비를 잘하라 그렇게 말씀하셨어요."

"지금 회장님 핑계로 제게 결재를 강요하시는 겁니까? 회장님이 그런 권한도 전무님한테 위임하셨나요?"

원만은 꿀 먹은 벙어리처럼 아무 말도 하지 못했다.

"직원을 뽑고, 해고하는 것은 전적으로 제 권한입니다. 자꾸 내 권한을 시험하지 마세요."

원만은 반려된 서류를 들고 방을 나섰다. 화가 치밀었지만, 내면의 본능이 그에게 지금은 참으라고 속삭였다. 위기를 감지한 원만은 그 뒤로 몸을 사렸다.

원만이 사무실을 나간 뒤, 이수는 서랍에서 두툼한 파일 하나를 꺼냈다. 한 장, 한 장 꼼꼼히 들여다본 이수의 입에서 아주 어이가 없다는 듯 실소가 터져 나왔다.

## 21화. 자선사업단체

성찬과 지후는 점심을 함께하고 있었다. 최근 두 사람은 업무적으로 손발이 잘 맞아 급속히 가까워졌다. 성찬도 지후에게 일을 맡긴 뒤, 자잘한 문제들은 지후가 알아서 처리해 주었기 때문에 영업에 더 집중할 수 있었다. 특히, 지후가 제공한 영업 정보를 통해 신규 거래처가 늘어나면서 두 사람의 협력은 더 큰 시너지를 발휘하고 있었다.

"요즘 구 전무가 너 안 건드리지?"

성찬이 뭔가를 알고 있다는 듯한 표정으로 물었다.

"구 전무가 장길창 해고 통지서 올렸다가 퇴짜 맞았다고 하더라고."

지후의 표정이 뭐 씹은 표정이 되었다. 그는 원만과 길창 둘 사이가 갈라져 하나라도 사라지길 얼마나 바랐는지 몰랐다. 그런 기회가 왔는데 끝내 길창은 내쳐지지 않았다.

"아쉬워? 표정이 딱 그러네."

성찬은 지후의 반응을 보며 웃었다. 원만이 올린 서류는 길창을 해고하려는 통지서였다. 길창은 더 이상 원만에게 쓸모없는 인물이었다. 능력도 기대 이하였고, 남아 있던 충성심마저 사라졌다고 판단했기 때문이다. 길창이 들고 있는 알 수 없는 패를 미리 처리하려던 원만은 그를 치워버리려 했지만, 채이수 사장이 이를 막았다. 결국 길창은 자리를 지켰고, 원만은 여기저기 눈치만 보는 실정이었다.

"사장님이 뭔가 큰 그림을 그리고 계실 거야. 조금만 참아봐."

"네…"

지후의 대답에 힘이 없었다.

점심을 마치고 성찬과 카페에서 커피를 마시던 중, 지후의 휴대전화가 울렸다.

"어, 현태야."

전화를 건 사람은 지후의 친구 현태였다. 현태는 한국의

한 저비용 항공사(LCC)에서 정비부서에 근무 중이었다.

"지후, 너 물류 회사 다닌다고 했지? 혹시 이 일도 맡을 수 있을까?"

현태는 항공기 엔진 몇 대가 정비 기한이 도래하여 싱가포르 정비 공장으로 보내야 한다며, 운송비용을 저렴하게 해줄 수 있는지 물었다.

"요즘 다들 비용에 민감하잖아. 그래서 네가 다른 업체보다 더 저렴하게 해줄 수 있나 해서."

항공기 엔진은 위험물(DG)로 분류된다. 연료가 들어있어 인화성 물질이 포함되어 있기 때문이다. 일반 화물보다 높은 운임이 책정되는 항공기 엔진은 추가적인 가격 협상도 쉽지 않다. 현태가 말한 엔진은 총 2대였고, 비용만 맞으면 바로 선적이 가능한 상태였다.

"부장님, 저랑 외근 한 번 다녀오시겠습니까?"

성찬과 지후는 현태의 사무실이 있는 김포공항으로 곧장 향했다. 지후는 이동 중 상진에게 연락해 운임을 확인했다.

"그 엔진 지금 돌고 있어. 예약과에서도 정보 다 알아서 가격이 고정된 상태라고."

엔진처럼 몸집이 큰 화물은 몇몇 항공사만이 처리할 수

있었고, 가격 경쟁이 치열해 항공사는 판매 가격을 고정했다. 그리고 이미 몇몇 포워딩 업체에서 가격 조사를 한 것으로 보였다.

"차장님, 어떻게 좀 해봐요. 지금 우리 그 업체 미팅 가는 중인데 우리가 꼭 할 거란 말이에요."

"DG로 고정된 가격을 내가 어떻게 풀어! 어쨌든 가격은 그거밖에 못 줘!"

"우리 차장님 또 몸 사리시네. 이따가 다시 연락드릴게요."

지후는 상진과의 통화를 마친 후, 김포공항의 한 카페에서 현태를 만났다. 성찬을 현태에게 소개한 뒤, 운송 조건을 설명했다. 가장 중요한 것은 역시 가격이었다.

"매출 상황이 좋지 않다 보니, 지출을 줄이는 게 회사의 목표입니다. 정비 자재 구매뿐 아니라 운송비까지 절감해야 하거든요. 엔진 운송비가 가장 큰 부담인데, 이 비용을 확실히 줄여줄 수 있는 업체가 있다면, 타이어나 브레이크 같은 다른 자재 운송도 맡길 생각이 있습니다."

현태의 말에 두 사람의 눈빛이 달라졌다.

"아, 그리고 혹시 3PL도 가능하실까요? 저희 운송을 맡으시려면 3PL이 가능해야 합니다."

"물론입니다. 저희와 계약된 창고가 있는데, 항온, 항습은 물론이고 24시간 입고, 출고도 언제든지 가능합니다."

3PL(Third-Party Logistics)은 제품의 입고, 출고, 보관, 재고 관리를 포함한 물류 프로세스의 전반을 전담하는 서비스다. 이를 제공하려면 자체적인 창고 보유가 필수적이었다. 하지만 KOR인터가 갖고 있는 창고는 공항에 있는 공항 창고가 전부였다. 그 창고는 항온, 항습이 되지 않았고, 24시간 운영도 불가능했다. 그럼에도 성찬은 자신 있게 가능하다고 답했다. 지후는 그런 그를 굳이 말리지 않았다. 저 정도 자신감이면 어떻게든 3PL 문제는 해결해 낼 사람이었다. 당장 문제는 엔진 2대를 어떻게, 얼마나 경쟁력 있는 가격으로 오더를 따낼 수 있느냐였다.

상진이 제공한 운임을 현태에게 전달하자, 현태는 난감한 기색을 비쳤다.

"지후야, 솔직히 이 정도 가격으론 위에 설득하기 어려워."

"여기 오면서 항공사에 가격을 알아봤는데, 이미 이 엔진에 대해 여러 대리점에서 문의가 많이 들어갔다고 하더라. 이런 상황은 가격이 고정돼 있어서 우리도 쉽진 않아. 그래도 시간 좀 주면 사무실 가서 방법을 찾아볼게."

현태에게 부탁하여 어렵게 하루의 시간을 얻었지만, 돌아오는 길에 지후는 계속해서 대안을 고민했다. 그러나 뾰족한 수는 떠오르지 않았다.

"3PL 문제는 내가 알아서 처리할 테니까, 지후, 너는 이거 꼭 따와."

"운임을 맞추기가 쉽지 않네요. 마이너스를 감수한다고 하면, 사장님이 허락하실까요?"

지후의 말에 성찬이 소리 내 웃었다.

"이제야 알겠지? 영업할 때 왜 마이너스를 내면서까지 계약을 따오는지."

"이해되면 안 되는 건데…"

채 사장은 예상대로 마이너스를 감수하는 계약에 반대했다.

"지후야, 네가 자주 하던 말이 뭐였지?"

"저희가 자선 사업단체냐고요."

"맞아, 우린 자선 사업단체가 아니지. 그러니 그걸로 내 대답은 된 거야."

함께 있던 성찬도 더 이상 말을 꺼내지 못했고, 두 사람은 풀이 죽은 사장실을 나왔다.

■■■■

"연료가 문제인 겁니까?"

오후 내내 고민하던 지후에게 현진이 물었다. 지후가 고개를 끄덕였다.

"그럼 오일은요?"

"오일은 MSDS 상에 DG로 선언되지 않아서 비(非) 위험물로 취급할 수 있어."

"그러면 연료가 문제인데, 엔진을 계속 돌려서 연료를 다 태우면 안 되나요?"

"그럼, 엔진이 타서 달라붙을 수 있지…"

그 순간 지후의 눈이 번뜩였다. 그는 서둘러 현태에게 전화를 걸었다.

"현태야, 엔진 내부 세척 가능하지? 연소실에 연료가 하나도 안 남게."

"세척액 넣고 고압으로 쏘면 어느 정도 가능해. 단지 시간과 노력이 좀 필요하겠지만."

"증빙 서류도 발급할 수 있고?"

"세척 작업 완료 서류는 발행할 수 있어."

"고맙다, 현태야."

연료를 태워버릴 수 없다면, 방법은 세척해서 제거하면 되었다.

그들은 엔진 세척 완료 후 관련 증빙 서류를 발급받아 인화성 물질인 연료가 없다는 걸 입증했다. 엔진은 위험물에서 일반 화물로 변경되었고, 운임도 크게 절감되었다.

■■■■

며칠 뒤, 김포공항의 정비창에서 항공기 엔진을 싣고 출발한 로우 베드(LOW BED) 차량 두 대가 인천공항으로 출발했다. 선두와 후미에는 SUV 차량이 호위했다. 고가의 항공기 엔진을 싣고 천천히 움직이는 차량들은 사람들의 시선을 끌기 충분했다. 충격에 민감한 엔진이었기에 차량은 저속으로 운행해야 했고, 그로 인해 인천공항까지의 이동 시간은 평소보다 두세 배 더 길어졌다.

공항 반입장 앞에는 대형 크레인이 대기하고 있었다. 항공기 엔진은 지게차 대신 크레인으로 안전하게 들어올려야 했기에, 비용이 더 들지만 안전이 최우선이었다. 이수와 지후도 이 장면을 보러 공항에 나갔다. 이수는 평소 접하기 힘든 장면을 보면서 신기해했다.

"항공기 파트 열심히 내보내더니, 이제 엔진까지? 영업사원 다 됐네."

지후는 말없이 미소를 지었다. 눈앞에 펼쳐진 장면이 그에게도 커다란 보람을 안겨주었다.

"이 과장님, 지금 공항에 계세요?"

상진의 전화였다. 이번 엔진 운송 건에서도 상진은 많은 도움을 주었다.

"네, 지금 막 돌리(dolly)에 실렸습니다. 이번에도 또 신세 졌네요."

"맨날 신세만 지지 말고 좀 갚으세요."

"여부가 있겠어요."

말은 저렇게 했지만, 매번 화물을 더 넣어주는 것으로 신세를 갚으라는 게 상진의 답이었다. 지후가 법인카드를 받아 좋은 곳에서 대접하려 해도, 그는 한사코 거절하며 근처 호프집에서 가볍게 맥주 한 잔 마시는 것이 전부였다. 그런 자리가 가장 편하다고 했다.

"그런데, 구원만 전무님이 거기 전무님인가?"

지후의 온몸에 털이 일어서는 기분이었다. 그 이름만 들어도 소름이 돋았다. 예감이 매우 좋지 않았다.

"전무님이 전화해서는 앞으로 모든 가격은 자기한테 주

라고 하네? 본인하고만 네고하고 상의해야 한다고. 이게 무슨 말인지 알아요?"

지후는 심각한 표정으로 이수를 바라보며 상황을 전달했다.

"차장님, 채이수입니다."

지후의 핸드폰을 건네받은 이수는 상진과 통화를 시작했다.

"업무 절차는 변경 없습니다. 기존대로 이지후 과장과 계속 진행해 주세요."

"그러면 제가 감사하죠."

"앞으로도 이지후 과장 많이 도와주십시오."

상진은 깍듯이 인사하며 통화를 마쳤다. 통화가 끝나자, 이수의 표정이 급격히 굳어졌다. 그는 곧바로 자신의 핸드폰을 꺼내 어디론가 전화를 걸었다.

"회장님, 지금 찾아뵙겠습니다. 급하게 드릴 말씀이 있습니다. 전화로는 안 될 것 같습니다."

## 22화. 정당 사유

오전부터 사무실 분위기가 얼어붙었다. 사장실에서 들려오는 고성 때문이었다. 이수는 한동안 원만의 뜻에 맞춰왔지만, 길창의 해고 통지서 사건 이후 완전히 태도를 바꾸었다. 지금은 그동안 참아왔던 분노를 쏟아내듯, 원만을 향해 끊임없이 소리쳤다. 그러나 원만도 이번에는 고분고분하지 않았다.

"제가 이 업계에서 경력이 30년 넘습니다. 사장님 경력에 댈 게 아니라고요. 그런 경력으로 회사를 더 효율적으로 운영해 보겠다는 건데, 그게 왜 월권입니까?"

"지금 제 경력이 짧다고 무시하는 겁니까? 전무님이 그동안 회사에서 한 일, 제가 모를 것 같아요? 사람들 편 가르고, 쳐내고, 일하는 사람들 날개 꺾는 거, 그게 전부였잖아요!"

"회사의 방향에 맞지 않는 사람은 더 이상 필요 없습니다. 아무리 능력이 뛰어나도 회사에 해가 된다면 남아 있을 이유가 없어요."

"그럼, 전무님도 제 방향과 다르니까 어떻게 해야겠습니까?"

원만은 순간 말문이 막히고, 어금니를 꽉 깨물었다. 그의 말을 받아 그대로 돌려주는 이수 앞에서 무기력해진 것이다. 이수는 기회를 놓치지 않고 계속 말했다.

"전무님이 장길창 해고 통지서를 결재 요청했을 때 제가 말씀드렸을 텐데요. 이름이 잘못됐다고."

"저는 정당한 이유 없이 해고당할 수 없습니다. 회사를 위해 충성한 사람을 아무런 잘못도 없는데 이렇게 내치는 건 회장님도 허락하지 않으실 겁니다. 저를 해고한다면 근로기준법 위반으로 노동부에 신고할 겁니다!"

궁지에 몰린 원만이 소리를 높였다. 하지만 이내 본인 말이 실수였음을 깨달았다.

"신고해, 구 전무. 아무 잘못이 없다고? 기가 막혀서. 그래, 어디 한번 신고해 보라고."

채진범 회장이 화난 얼굴로 사장실에 들어섰다. 원만은 화들짝 놀랐다. 진범은 이미 원만과 이수의 대화를 전부 들은 듯했다.

"회, 회장님! 그러니까 제 말은……"

"신고하라고. 구 전무, 당신을 해고하는 것이 노동법 위반이라면 과태료든 뭐든 다 낼 테니까, 신고해."

진범의 낮고 굵은 목소리가 방 안을 가득 채웠다. 그 목소리에 눌린 원만은 더 이상 아무 말도 하지 못하고 고개를 떨궜다.

"그 전에 내가 확인할 게 있어. 지금부터 내가 묻는 말에 똑바로 대답해야 할 거야. 내가 아직 당신을 어떻게 할지 고민 중이니까."

진범은 원만을 '당신'이라고 불렀다. 직급이 아닌 '당신'으로 불리자, 원만은 놀란 눈으로 진범을 바라봤다. 채 회장의 눈빛은 칼날처럼 날카로웠다.

"채이수 사장, 그거 좀 줘봐."

이수는 책상 서랍에서 파일철을 꺼내 진범에게 건넸다. 그 모습을 바라보는 원만의 표정은 알 수 없이 변했다. 진범은 파일을 대충 훑어보더니 원만 앞으로 던졌다.

"이게 뭡니까?"

원만은 여전히 무슨 상황인지 모르겠다는 듯 물었다. 이수가 대신 대답했다.

"구 전무님이 그동안 받아 온 리베이트 내용입니다. 꽤 많이도 받으셨더군요."

"아니, 어떻게 이게……"

파일 안에는 원만이 KOR인터에 입사한 후 받아 온 리베이트 명세가 상세히 기록돼 있었다. 혼재사부터 협력업체까지, 원만과 연관된 모든 업체가 그에게 일정 금액을 사례금 명목으로 지급한 내용이 담겨 있었다.

원만은 종이를 한 장씩 넘기다 갑자기 콧방귀를 뀌며 표정을 바꾸었다.

"고작 이 정도 푼돈으로 날 어떻게 해보겠다는 겁니까?"

그의 말투는 전혀 거리낌이 없었다. 오히려 당당해 듣는 사람들이 당혹스러울 정도였다.

"이 정도 돈, 다들 받는 거 아닙니까? 나만 받는 줄 아세요? 다들 떳떳하다면 지금 KOR인터 직원들 통장 다 까서 확인해 보세요. 왜요? 제 통장은 들여다봤으면서 다른 직원들은 안 되나요? 이건 저를 모함하려는 수작으로밖에 안 보입니다! 몇 푼 되지도 않는 이 돈 때문에 KOR인터가 무슨 피해를 봤나요? 수익이 적자가 났나요? 아니면 회사가 망해가나요? 이 돈은 KOR인터의 돈도 아닙니다. 그들이 내게 감사의 표시로 준 거지, KOR인터와는 아무 관계도 없다고요!"

진범과 이수는 여전히 아무런 반응을 보이지 않았다. 원만은 그 모습을 보고 오히려 더욱 어깨에 힘을 주며 두 사람을 돌아가며 바라보았다. 그 눈빛은 조롱과 멸시로 가득해 표독스러웠다.

"그래서 KOR인터의 모든 업무를 자신을 통해 진행하라고 직원들, 그리고 협력사들에 강요한 겁니까?"

"제가요? 그랬다는 증거 있습니까? 있으면 가져와 보시죠!"

사무실 안에 무거운 정적이 감돌았다. 팽팽한 기싸움이 이어진 가운데, 진범이 먼저 침묵을 깼다.

"구 전무, 자네가 이 정도에서 잘못을 인정했더라면 권고사직 정도로 마무리할 수 있었을 거야. 다른 데로 이직하는 데도 문제없었겠지. 십분 자네를 이해하려 노력하고 아량을 베풀어 볼지 생각한 내 자신이 또 실망스러워지려는 참이야. 자네 지금 말하는 걸 보니 아주 괘씸해. 이제는 더 이상 관용을 베풀 수 없을 것 같아."

"저를 자르든 고소하든 마음대로 하세요. 저도 가만히

있진 않을 겁니다."

 원만은 더 이상 이 회사에 자신의 자리가 없다는 결론을 내린 듯 진범을 향해 대들기 시작했다. 진범은 길게 한숨을 쉬고 입을 열었다.

 "마지막으로 한 가지만 묻지."

 그의 목소리는 차분했다. 그 차분함은 듣는 이에게 폭풍 전야의 긴장감을 불러일으켰다.

 "권영서 대리는 왜 그만둔 거지?"

 개인적인 사유로 갑자기 퇴사한 관리부 여직원. 그녀는 직급이 대리였지만 경력은 이수가 KOR인터에서 일한 시간만큼 오랜 기간 관리부 일을 했던 직원이었다. 진범의 입에서 뜻밖의 이름이 나오자, 원만은 얼굴이 하얗게 질렸다.

 "그야, 일신상의 사유 때문이었죠."

 "일신상의 사유라니, 무슨 일신?"

 "육아 문제도 있고, 건강상의 문제도 있다고…"

 원만의 대답에 진범의 얼굴이 일그러졌다.

 "내가 들은 이야기는 다르던데?"

 "아닙니다, 회장님! 정말 그게 전부입니다. 개인적인 사정을 제가 어떻게 다 알겠습니까?"

■■■■

　이수는 좁고 구불구불한 골목길을 따라 가파른 언덕을 올라갔다. 서울 한복판에 이런 동네가 있다는 것이 비현실적으로 느껴졌지만, 그는 계속 발걸음을 옮겼다. 숨이 턱에 찰 때쯤, 그는 주머니에서 적어놓은 주소를 확인하고 해당 집 앞에 섰다. 대문을 두드리자 한참 후에야 한 사람이 나왔다. 문을 연 사람은 이수를 보자마자 깜짝 놀랐다.

■■■■

　"터치가 있었습니다."
　길창은 잔뜩 주눅이 든 채로 진범 앞에서 입을 열었다. 그의 입술은 계속 떨리고 있었다.
　"지금 상황을 모면하려고 없는 이야기를 지어내면 안 돼. 난 사실 여부를 전부 확인할 거야."
　"거짓말이 아닙니다. 정말입니다."
　길창의 머릿속은 온통 뒤죽박죽이었다. 원만에게 반기를 들었던 날, 효승이 그에게 손을 내밀었다. 길창은 그것이 자신을 구해줄 탈출구라고 믿었다. 그래서 원만의 뒷돈 장부를 효승에게 넘겼다.

원만은 이제까지 뒷돈을 직접 받지 않고 길창의 계좌로 입금되게 했다. 아마도 자신의 불법 행위가 발각되었을 때 길창을 희생양으로 삼아 빠져나갈 생각이었을 것이다. 길창도 이를 알았지만, 계좌 관리비 명목으로 일정 금액을 챙기면서 그 돈을 관리했고, 결국 그는 원만과 한배를 탄 공범이 되었다. 길창은 원만이 자신을 자르기 전에 먼저 움직여야겠다는 생각으로 효승에게 장부를 건넸다. 그 장부를 가지고 효승이 원만을 무너뜨리고 자신의 위치를 보장해 주길 바라는 마음이었다. 하지만 그 장부가 곧장 회장에게 전달될 줄은 몰랐다.

채 회장에게 호출받았을 때, 길창은 자신이 받은 뒷돈에 대한 추궁을 예상해 빠져나갈 핑곗거리를 찾느라 정신이 없었다. 그러나 진범이 집중한 것은 돈이 아니라 권영서 대리의 퇴사 이유였다.

"네 사지가 멀쩡히 남아 사회생활을 하고 싶으면, 지금부터 사실만 말해. 그렇지 않으면, 이 바닥뿐 아니라 어디서도 네 발붙일 곳 없게 하는 건 일도 아니야."

길창은 진범이 물류 업계는 물론 정치계와 금융계까지

영향력을 미치고 있다는 사실을 잘 알고 있었다. 그는 더 이상 숨길 수 없다는 것을 깨달았다.

"구 전무와 술을 마셨던 날입니다. 당시 저는 영업부였기 때문에 그날 저는 외근을 나간다고 하고 구 전무를 만났습니다. 오후부터 술을 마시기 시작했고, 저녁 무렵에는 둘 다 취해 있었습니다. 구 전무는 평소에도 술자리에서 남자들끼리 있을 때면 항상 여자 이야기를 많이 했습니다."

"여자 얘기?"

"네, 성적인 이야기들 말입니다."

길창은 본인도 부끄러웠는지 얼굴을 붉히며 눈치를 살폈다. 진범은 별다른 반응을 보이지 않고 그에게 계속 말하라는 손짓을 했다.

"그날도 마찬가지였습니다. 그러다가 구 전무가 회사에 뭔가를 놓고 왔다며 권영서 대리에게 전화를 걸었습니다. 평소에도 자잘한 심부름을 자주 시켰기에, 권 대리는 퇴근길에 잠시 들르겠다고 했습니다."

퇴근길에 잠시 들러 서류를 전달하고 집으로 가려던 영서를 원만이 붙잡았다.

"여기까지 왔는데 술 한잔만 하고 가."

사양하는 영서를 끝내 테이블 안쪽 자리에 앉히고 원만은 그 옆에 앉았다.

"길창아, 우리 권 대리 정말 예쁘지 않냐? 얼굴도 예쁘고, 일도 잘하고."

"그럼요, 정말 예쁘시고요."

길창을 바라보고 말하면서 원만의 손은 영서의 어깨를 툭툭 두드렸다. 그것은 격려 표현 그 이상이었다. 원만의 손은 영서 어깨에서 떨어지려 하지 않았다. 불쾌한 기분에 영서는 몸을 비틀어 원만의 손을 떼어낸 뒤 다시 한번 자리에서 일어나고자 했다.

"전무님, 저 진짜 가봐야 해요."

"아이, 그러지 말고 한 잔만 더 해!"

원만이 술병을 들어 따르려 했으나, 영서는 가방을 챙겼다. 그러자 길창이 앞에서 험악한 분위기를 조성하며 원만을 거들었다.

"권 대리, 빨리 받지 않고 지금 이게 뭐 하는 거야? 전무님이 주시는 데 그렇게 거절하는 건 예의가 아니지."

급격하게 무거워지는 분위기에 원만도 표정이 굳었다. 그러자 영서는 눈치를 살피며 마지못해 술잔을 들었다. 원만은 한 손으로 술을 따르며 다른 한 손은 다시 영서를 향했다. 그의 손길이 등을 따라 내려오자, 불쾌감에 그녀의 눈에 눈물이 차올랐다. 그 손은 허리를 지나 점점 더 아래를 향했고, 결국 영서는 자리에서 벌떡 일어섰다. 그 충격으로 술병과 술잔이 테이블 위로 쏟아졌다.

"이게 뭐 하는 짓이야!"

길창이 소리치며 일어나자, 원만은 손짓으로 그를 앉혔다.

"권 대리, 남편이 지금 저기 다니지? 내 친구 놈이 사장으로 있는 거기. 권 대리도 가끔 봤잖아. 우리 회사 자주 왔었는데. 그 친구는 권 대리를 아는 눈치더라고."

영서는 떨리는 손으로 가방을 붙잡으며 울음을 삼켰다. 하지만 원만은 아랑곳하지 않고 영서 앞에 있는 술잔에 마저 술을 따랐다.

"자, 한 잔만 더 해."

다음 날, 원만이 영서를 전무실로 불렀다.

"어제 일은 내가 미안하게 됐어. 술이 과해서 내가 주사를 조금 부린 거로 생각하고 권 대리도 적당히 이해하고 넘어가 줬으면 좋겠는데."

영서는 아무 말도 하지 않고 고개를 숙이고 있었다. 원만은 입으로는 미안하다고 했지만, 표정에서는 아무런 죄책감도 느껴지지 않았다.

"뭐, 미안한 건 미안한 거고. 계속 내 얼굴 보기 불편하지 않겠어? 나도 그리 편할 것 같진 않아서 말이야."

"무슨 말씀이죠?"

고개를 들어 영서가 되물었다. 하지만 그의 얼굴을 그대로 보는 건 쉬운 일이 아니었다.

"말 그대로. 이제 우리가 서로 얼굴 보는 게 불편한 사이가 되었으니까. 회사 업무에 지장이 아무래도 있지 않겠냐는 말이야."

영서는 무서운 괴물을 만난 듯 잔뜩 겁에 질렸다. 어쩌면 괴물을 만난 게 더 나을 일이었다.

"전무님, 저 아무에게도 말하지 않았어요. 앞으로도 그냥 저 꾹 참고 아무한테도 말하지 않을게요."

"밖에 사람 듣겠네!"

자기의 뜻을 전한 원만은 귀찮은 듯 의자에 등을 기대며 투덜댔다.

"저 일해야 해요. 전무님. 일해서 돈 벌어야 한다고요."

참고 참았던 눈물이 결국 영서의 뺨을 따라 흘렀다. 너무도 억울했지만, 억울함보다 더 크게 다가온 건 직면해야 할 생활고였다. 은행 이자며, 아이들 양육에 필요한 기본적인 지출만 해도 남편이 벌어오는 월급으로는 감당이 되지 않았다. 눈앞이 캄캄했다.

"잘 알지. 권 대리 남편이 벌어오는 그 쥐꼬리만 한 월급으로 생활하기 빡빡하다는 거. 친구 놈이 거기 사장인데 내가 왜 모르겠어. 내가 친구 놈한테 잘 얘기해줄게."

"어제 무슨 일이 있었는지 잊을게요. 아니, 어제 무슨 일이 있었나요? 저는 그냥 집에 간 것 같은데요. 아무 일도 없었잖아요. 전무님. 제발요."

원만은 끝내 애원하는 영서에게 사직서를 받아냈다. 사유는 건강상의 문제였고, 치료를 위해 급히 회사를 떠난다며 그 자리를 대신 할 인원 보충이 되기도 전에 회사를 떠났다. 남편의 직장까지 잃을 수 있다는 두려움 때문에 영서는 그 어떤 대응도 하지 못했다.

"좀 심하셨던 거 아닙니까?"

길창이 원만에게 다가와 조용히 물었다. 그러자 원만은 머리가 아프다는 듯 손으로 머리를 감싸며 작게 대답했다.

"너도 공범이야. 방관 죄 그리고 동조죄. 그러니까 너도 입조심해."

길창의 입을 막은 뒤, 신경 쓰였던 화근을 치워버렸다는 안도감과 함께 원만은 영서 존재 자체를 그의 머릿속에서 지워버렸다.

····

진범은 길창의 이야기를 듣고 온몸이 부들부들 떨렸다. 당장이라도 눈앞에 있는 길창을 향하여 달려들 기세였다.

"이런 쓰레기 같은 놈들. 감히 내 회사에서! 어떻게 감히!"

현기증이 나는지 눈을 질끈 감은 진범은 주먹으로 소파 팔걸이를 여러 번 내리쳤다. 쿵쿵거릴 때마다 길창은 자신이 가슴을 얻어맞는 듯 움찔거렸다.

"고양이에게 생선을 맡겼구나. 그것도 도둑고양이에게! 하, 그러면서 누가 왕인 것 같냐고? 하, 참!"

진범의 시선이 길창에게 향했다. 그의 눈빛이 너무도 매서워 길창은 공포에 질려 고개를 숙였다.

"너 이 새끼, 쳐 죽여도 시원치 않을 놈! 말리지는 못할망정, 거기서 동조를 해?"

회장은 가까이에 있던 골프채를 들어 그를 내려치고 싶은 충동을 애써 참아내며 말했다.

"약속한 게 있으니 더는 말하지 않겠다. 대신 당장 사표

써. 그리고 다른 회사 갈 때 우리 회사에 있었다는 소리는 일절 하지 마라. 너 같은 놈이 내 회사에 있었다는 게 부끄럽다."

진범은 끓어오르는 분노를 겨우 억누르며 입에서 나오는 탄식을 간신히 삼켰다.

"나가! 네 그 더러운 얼굴을 보고 있다간 내가 어떻게 할지 몰라. 당장 꺼져!"

∎∎∎∎

원만이 무릎을 꿇었다.

"잘못했습니다, 회장님. 제가 미쳤던 겁니다. 한 번만 용서해 주십시오."

"잘못은 어디다 하고 용서를 누구에게 빌어! 네가 그러고도 사람이냐? 널 믿고 회사 관리를 맡긴 내가 바보지. 내가 등신이었어, 이 빌어먹을 놈아!"

극도로 흥분한 진범이 원만에게 달려들려 하자, 이수가 급히 그 사이에 끼어들어 진범을 말렸다.

"전무님은 나가서 해고 통지서를 다시 써 오세요. 이번엔 본인 이름으로요. 그리고 최대한 이 회사에서 빨리 나가세요. 고소장 받을 준비도 하시고요."

원만은 도망가듯 사장실에서 나갔다. 머리를 감싸 쥐고 앓는 진범의 신음이 연신 새어 나왔다. 그는 잠시 뒤 힘에 겨운 목소리로 말했다.

"권영서 대리, 찾아서 데려와."

■■■■

대문 밖에 서 있는 사람이 이수라는 걸 확인한 영서는 자신의 초라한 모습을 보여서인지 고개를 들지 못했다. 목이 다 늘어난 티셔츠에 미처 정돈하지 못한 머리, 집 안에서는 아이 우는 소리가 들렸다.

"이 시간에 왜…"

아이 울음소리가 계속 들렸기에, 영서는 마지못하여 이수를 집안으로 안내했다. 좁은 단칸방과 외부에 있는 작은 부엌. 그곳에서 영서와 그녀의 두 아이가 생활하고 있었다. 이수의 가슴이 먹먹해졌다.

"어린이집에 보내기엔 돈이 너무 많이 들어서요. 그냥 제가 데리고 있어요."

영서는 KOR인터에서 일하며 결혼하고, 아이를 낳으며

그녀의 젊음을 보냈다. KOR인터는 어쩌면 그녀의 삶 중에서 가장 큰 부분 중 하나였을지 몰랐다.

"나이도 그렇고 어린아이까지 둘이라고 하니까, 아무 데도 저를 받아 주는 곳이 없더라고요."

대출을 얻어 장만한 집도 그녀의 수익이 끊어지자, 이자가 버거워 다시 팔 수밖에 없었다. 그녀의 남편 또한 어느 날 갑자기 모든 사람이 꺼리는 지방 이곳저곳으로 발령이 바뀌어 수시로 옮겨야 하는 상황이 되었고, 그 때문에 지금은 서로 떨어져 지내고 있었다. 회사에서 숙소조차 지원하지 않아 지내야 할 집도 구해야 했기에 금전적 사정이 더욱 나빠졌다. 원만이 사장 친구에게 이런 불합리한 지시를 한 게 분명해 보였다.

이수는 그간의 일들을 알려줬다. 고개만 숙이고 있는 영서에게 그는 진심으로 사과했다. 사장으로서 그녀를 돕지 못했던 점, 직원들의 문제를 직시하지 못한 자신의 책임을 통감하며 용서를 구했다.

"어렵겠지만, 다시 회사로 출근해 주시겠어요?"

영서는 말없이 고개를 끄덕이며 눈물을 흘렸다.

■■■■

이후 진범의 지시에 따라 영서가 퇴사 후 일을 하지 못했던 기간의 월급이 지급되었고, 원만의 일로 인한 정신적 치료 지원도 약속되었다. 그녀의 남편도 진범의 추천으로 서울에 있는 다른 회사로 이직할 수 있었다.

영서가 복직한 첫날, 회사 직원들은 작은 축하 파티를 열었다. 그녀는 눈물을 흘렸지만, 이번에는 기쁨과 안도의 그것이었다.

## 23화. 외나무다리

　원만이 회사를 떠난 후, 이수는 어수선한 회사 분위기를 정리하느라 여념이 없었다. 원만의 소식을 아는 사람은 거의 없었으며, 한국을 떠났다는 소문만 들릴 뿐이었다. 그의 명성은 이미 바닥을 쳤고, 업계에 소문이 퍼지는 건 한순간이었다.

　전무 자리가 공석이 되자, 내심 기대했던 효승은 회사에서 별다른 인사 발령이 없자 불안에 휩싸였다. 그러나 이수는 전무의 자리를 공석으로 결정했다.

　"아니, 제가 결정적인 역할을 했는데 왜 아무것도 없어요?"

　효승이 불만을 토로했지만, 이수의 대답은 이랬다.

"기다려 보세요. 회사 차원에서 상무님께 실망스럽지 않게 보답하겠습니다."

이수는 효승에게 특별히 보답할 생각이 없었으나, 그렇다고 아주 무시할 수는 없어 계속 고민만 하고 있었다.

항공부는 이제 수출팀과 수입팀으로 명확하게 나뉘었다. 을도는 수입 업무에만 전념하게 되었고, 수출 업무에는 일절 관여하지 않게 되었다. 동시에 지후의 명함이 새로 만들어졌다.

**《항공수출부 팀장, 이지후》**

팀장이라는 두 글자를 보자 알레르기가 일어나는 것처럼 온몸에 소름이 돋았다.

"직급에 너무 연연하지 마. 그냥 팀장으로 쭉 가자, 지후야."

이수가 격려했지만, 지후는 웃어야 할지 울어야 할지 모르는 표정이었다. 그토록 자신을 힘겹게 만들었던 '팀장'이라는 단어를 반가워해야 할지 혼란스러웠다.

"새끼 이거, 이게 무슨 벌써 팀장이야!"

곽원이 웃으며 지후에게 말했다. 지후는 아무에게도 말

하지 않았지만, 이 바닥의 소문은 역시나 빠르게 퍼졌다. 좋은 소식이든 나쁜 소식이든 죄를 짓고 숨을 곳이 없다는 말이 새삼 떠올랐다.

"암튼 진급 축하한다. 팀장이라고 까불면 죽는다."

"웃어야 할지, 울어야 할지 모르겠어요."

"지랄하고 있네. 나중에 한턱내라고."

곽원과의 통화를 끝낸 찰나, 해상부가 술렁였다. 성찬의 얼굴은 화가 가득 차 있었다.

"그러니까 DO가 왜 아직도 안 되고 있냐고!"

성이 가득 찬 성찬의 물음에도 해상부 팀장은 묵묵부답이었다. 참다못한 성찬이 직접 수화기를 들었다.

"DO가 왜 아직도 안 되는 겁니까? DO 없으면 물건을 못 찾는 거 아시잖아요? 현지 파트너가 누구죠? 제가 직접 통화하겠습니다. 더 이상 이런 식으로 일 처리하면 우리랑 거래 못합니다."

하지만 돌아온 답변은 자신들도 중간에 처지가 난처하다는 말뿐, 어떻게 처리하겠다는 대답은 돌아오지 않았다.

DO는 'Delivery Order'의 약자로, 해당 화물의 취급 권한을 넘겨주는 문서다. 화물이 소량으로 선적되는 것보다 여러 업체의 소량 화물을 한데 묶어 같이 선적하게 되면 이에 대한 이윤이 추가로 발생한다. 항공의 경우 콘솔이라 하고, 해상의 경우 LCL 선적이라고 부른다.

이때 화물을 한데 묶는 작업을 하는 업체를 '마스터(Master)'라 부른다. 즉, 화물의 주인 역할이다. 화물이 목적지에 도착 후 마스터에 해당하는 업체는 실질적으로 물건을 취급할 각 업체에 일정의 비용을 받고 DO를 내어준다. 이들이 DO를 발급해 주지 않으면 취급 업체는 해당 화물을 받을 수 없다.

지금 상황은 도착지의 마스터가 무슨 이유에서인지 DO 발급을 지연시키고 있었다.

국내 대기업 1차 협력업체로 있었던 수출자는 해당 기업의 해외 생산 설비에 속히 전달되어야 할 원자재들이 수입 통관이 지연되며 아무런 진전 상황 없자 성찬을 닦달하기 시작했다. 성찬의 스트레스가 극에 달할 때쯤이었다.

"찾았습니다."

해상부 팀장이 외치자, 사무실의 모든 시선이 그에게로 향했다.

"마스터는 FDL입니다."

"이런 제기랄…"

이후 해상부 팀장은 한동안 성찬의 험한 말을 들어야만

했다.

FDL, Fastest Delivery Logistics의 약자로, 한국인 사장이 운영하는 현지에서 악명 높은 포워딩 업체였다. 이 업체는 현지 대기업 생산 설비에 납품하는 한국 업체들의 약점을 공략해 자신들과 거래할 수밖에 없게 만드는 하이에나 같은 존재로, 상도덕은 없었으며 오직 자신들의 이익만을 추구했다. KOR인터 역시 한때 FDL과 파트너 관계였으나, FDL의 오만한 태도와 부당한 영업 방식에 진절머리가 나 관계를 끊은 지 오래였다.

FDL은 파트너 관계가 아닌 마치 상하 관계처럼 행동하며 KOR인터의 이익을 전혀 고려하지 않았다. 그들은 직원들에게 언성을 높이거나 때로는 욕설까지 서슴지 않았고, 한국을 방문한 FDL 사장 역시 KOR인터를 마치 하청업체처럼 대하며 접대를 강요했다. FDL의 전략은 막대한 자본력을 활용해 시장 가격을 파괴하고, 수출자들에게 유리한 조건으로 결제 기일을 기형적으로 늘려주는 방식이었다. 이는 자금 유동성을 확보하려는 수출자들에게는 달콤한 유혹이었으나, 이후 그들의 발목을 잡는 덫으로 작용했다. FDL은 시장 가격보다 저렴한 운임을 미끼로 업체들을 유혹한 후, 결제 기일이 연장된 상황에서 가격을 올리면 수출자들은 아무런 대항을 하지 못했다.

FDL은 경쟁자 포워더들을 도산시키기 위한 전략도 폈쳤다. 영업사원들은 표적 포워더를 무너뜨리지 못하면 실적 미달을 이유로 사표를 내야 했다는 소문도 있었다. 결국 현지 물류 시장의 40%를 점유하는 거대 공룡으로 성장했으며, KOR인터는 지금 그런 업체가 지금 마스터로 되어 상황과 마주하고 있는 것이었다. KOR인터를 잘 아는 그들은 이때다 싶어 순순히 DO를 내줄 마음이 없었다.

그때 성찬의 휴대전화가 울렸다. KOR인터의 업체 사장이었다.

"민 부장님, 이게 무슨 일이에요? FDL이라고 알아요?"

FDL 측에서 이미 업체 사장에게 연락했다. 성찬의 얼굴은 금방이라도 폭발할 듯 붉어졌다.

"거기서 앞으로 자기들 쓰지 않으면 물건 안 내주겠다고 협박하잖아요! 우리가 그놈들이랑 거래 끝내는 데 얼마나 고생했는데, 왜 우리 물건을 그들이 들고 있는 거냐고요!"

성찬은 자존심을 억누르고 업체 사장에게 손이 발이 되도록 빌었다. 자존심이 강하고 성격이 불같은 성찬이 한없이 작아지는 모습에 사무실 분위기가 더욱 숙연해졌다.

"넌 이 새끼야, 마스터가 어딘지 확인도 안 하고 물건을 보내?"

해상부 팀장은 아무런 대꾸도 하지 못했다. 성찬은 분노를 억누른 채 사무실 밖으로 나가 FDL 사장 최형배에게 전화를 걸었다.

"지금 이게 뭐 하시는 겁니까?"

"일하는 거지, 뭐 하는 거 같아?"

전화가 오기를 기다리고 있었다는 듯 받아치는 형배의 반말과 기분 나쁜 말투가 성찬의 인내심을 시험했다. 존댓말이라고는 배워 본 적이 없는 사람 같았다.

"아니, 지금 남의 업체 물건을 가지고 뭐 하시는 거냐고 물었습니다."

"야, 이 새끼야. 이 바닥에 네 업체, 내 업체가 어딨어? 능력 있는 놈이 가져가면 그게 임자야. 지킬 능력도 없는 놈이 까불긴! 이런 전화할 시간 있으면 나가서 영업 더 해 새끼야."

말끝마다 욕설을 반복하는 형배의 언행이 힘겹게 참고 있던 성찬에게 불을 붙이고 기름을 부었다.

"쫓아가서 죽여버리기 전에 빨리 DO 내놔, 이 개새끼야!"

"그래, 와봐. 누가 누굴 죽여. 업체도 하나 간수 못하는 이 병신 같은 게."

형배는 일방적으로 전화를 끊었다. 칼자루는 FDL이 쥐고 있었고, 성찬은 속수무책이었다.

잠시 후, 성찬의 전화가 울렸다. 업체 사장이었다. 통화하는 성찬의 표정은 어떤 말로도 표현하기 어려웠다. 분노, 미안함, 좌절감 등 수많은 감정이 담겨 있었다.

"민 부장님, FDL 사장과 다시 통화했어요. 미안하지만, 저희는 다시 FDL을 쓰기로 했어요. 지금 도착한 물건도 FDL에서 처리할 겁니다. 어쩔 수 없어요. 물건이 급한데, 안 들어오면 생산 라인이 멈춘다니까… 그 손해는 제가 떠안아야 하잖아요. 아시잖아요. 아, 잘 좀 확인해 주시지… 또 FDL 그놈들에게 끌려다니게 생겼네요."

성찬은 아무 대꾸하지 못했다. 그렇게 자신이 공들여 관리해 온 업체를 눈앞에서 빼앗기고 말았다. 영업사원으로서 이 같은 치욕은 자신의 생존을 위협하는 일이었다. 실적이 곧 존재가치를 입증하는 자리에서, 민 부장은 무거운 절망에 빠졌다.

그날 성찬은 퇴근 시간이 훨씬 남았음에도 양해를 구하고 자리에서 일어났다. 이수는 붙잡지 않고 조용히 허락했다. 영업사원 출신인 이수는 성찬의 심정을 누구보다 잘 이해하고 있었다.

...

테이블 위에 소주병이 하나둘 늘어갔다. 외근을 마치고 돌아오던 길에 소식을 들은 숙현이 성찬 맞은편에 앉아 말 없이 비워지는 술잔에 술을 채워주고 있었다. 그 어떤 말도 위로가 되지 않음을 잘 알기에, 숙현은 그저 가만히 자리만 지킬 뿐이었다.

"참, 지랄 같아. 그렇지?"

성찬의 한마디 안에는 분노, 슬픔, 허탈감, 좌절 등 모든 감정이 뒤섞여 있었다.

"저희 하는 일이 그렇잖아요."

숙현도 그제야 앞에 있던 술잔을 들이켰다. 채워 놓고 시간이 지나 차갑지도 않은 술은 쓴맛이 강하게 남았다. 술이 쓴 건지, 현실이 쓴 건지 분간할 수 없었다. 성찬은 채워진 술잔을 다시 입에 털어 넣으며 허탈한 웃음을 터뜨렸다. 아무리 인생이 쓰더라도 한 잔 술과 깊은 한숨을 안주 삼아 넘겨야 하는 법. 성찬과 숙현은 잘 알고 있었다. 이 고통도 언젠가는 지나갈 것이고, 그리고 또 다른, 더 어려운 상황이 닥칠지도 모른다는 사실을. 그렇기에 빨리 털고 일어나야 한다는 것을.

## 24화. 출혈

"아이고, 이 팀장님"

상진의 통화였다. 능글맞은 목소리로 통화를 시작하는 걸 보니 좋은 소식은 아닐 거라는 직감이 들었다.

"하노이 물량 다 어디다 빼돌려서 내가 우리 위에 어르신들 볼 면목이 없네."

역시나 질책 섞인 말투로 지후가 아무 할 말을 없게 만드는 상진이었다. 잠시 뜸을 들인 상진이 덧붙였다.

"하노이 실적이 너무 저조해서, 이번에 전체적으로 가격을 올려야 한 대."

상진의 말에 지후의 미간이 흔들렸다.

"차장님, 지금 가격에서 올리시면 저희 경쟁력이 너무

떨어져요. 그거 막아 달라고 차장님이 거기 계신 건데, 차장님 요즘 일 너무 안 하시는 거 아니세요?"

"아이 그러니까 짐 좀 더 넣으라고 했잖아 내가. 위에서 100원 올리라고 아우성치는데, 내가 여차저차 방어해서 50원만 올리기로 했어. 1,450원! 아, 이거 내가 선방한 거야. 내 노고도 좀 알아줘야 하지 않아?""

"그럼에도 꾸역꾸역 짐 넣어드린 제 노고도 좀 알아주셔요!"

지후는 기가 찼다. 지금 서영항공으로 1,300원, 다른 혼재사로 1,350원으로 진행하고 있는 하노이 노선을, 기존 1,400원도 가장 비싼 운임이었음에도 50원을 더 올리겠다는 말이었다. 그 뒤에는 제한적인 항공사 스페이스 상황에서 어차피 돌고 돌아 자신들에게 실을 수밖에 없을 거라는 계산이 이미 서 있는 거였다.

"50원 올려서 차장님 살림에 보탬이 되시길 바랍니다."

기분이 조금 상한 지후가 상진을 비꼬며 대답했다.

"내 살림에? 회사 살림에 보탬이 되겠지."

지후는 한숨을 쉬며 통화를 마쳤다. 최근 들어 스페이스 문제로 하루하루 머리가 아픈 마당에 가격까지 올라갔다. 항공사에서 가격을 올리면 다른 혼재사 가격들 역시 조정

될 가능성이 매우 높았다. 그런데 잠시 뒤 지후를 또 한숨 쉬게 하는 소식이 들려왔다.

"지후 팀장, 하노이 가격 내려갔어?"

외근을 마치고 돌아온 태섭이 물었다. 뚱딴지같은 소리에 지후는 눈을 휘둥그레졌다.

"업체 갔다 오는 길인데 다른 데서 하노이 가격 1,200원에 받았대. 우리 보고 그 가격 맞춰 달라는데 이거 가능해?"

"조금 전에 항공사에서 하노이 가격 올리겠다고 연락이 왔는데 그건 무슨 소리일까요… 어디서 받은 가격인지 확인할 수 있으실까요?"

"가격이 올랐다고?"

긍정적인 답을 기대했지만, 정반대의 대답이 들려왔기에 태섭도 순간 당혹감을 감추지 못했다. 이내 태섭은 업체에 전화를 걸었다.

"시장 가격은 오르는 추세라고 하는데 어디에서 받은 가격인지 알 수 있을까요?"

업체 담당자는 대답을 주저했다. 태섭도 담당자가 쉽게 대답해 줄 걸 애초에 기대하지 않았다. 하지만 의외로 답은 쉽게 찾을 수 있었다.

지후의 핸드폰으로 전화가 왔다. 하노이 지점의 김정근 지점장이었다.

"이 팀장. 지금 여기는 FDL이 덤핑하고 다닌대. 한국 사정은 어때? 여기는 지금 짐 다 뺏기고 있어. 말도 안 되는 가격으로 뿌리고 있으니 당해낼 재간이 있어야지. 원래 그런 놈들이라는 건 잘 알고 있었지만, 지금은 그때보다 더 공격적이야. 아무튼 한국에도 조만간 덤핑 가격 뿌릴 것 같으니까 대비하고 있으라고 전화했어."

한발 늦은 소식이었지만, 어디에서 가격을 던지고 있는지 알게 된 것이 그나마 큰 수확이었다. 혹시나 했지만, 역시나 FDL이었다.

"아, 그리고 구원만 전무 여기 하노이에 있는 거 알고 있어?"

뒤에 이어 들린 말에 지후의 귀가 커졌다.

"FDL에서 지금 부사장으로 있어. 온 지 꽤 된 것 같은데 그동안 안에 틀어박혀서 안 나오다가 이제는 가격 덤핑하면서 여기저기 얼굴도장 찍고 다니더라고."

구원만이 FDL에서 부사장으로 있다는 소식은 예상치 못했다. 그는 한국에서 발붙일 곳이 없어 결국 베트남으로 갔다. 베트남 역시 한국계 업체가 많아 알 사람들은 다 알았지만, 돈 될 만한 소스만 있다면 이미지 따위 전혀 아랑곳 하지 않는 FDL 최형배 사장이었다.

"긴장 바짝 해야 해. 10원, 20원에도 왔다 갔다 하는 시장인데, 지금 가격을 보면 움직이지 않을 업체가 없을 거야. 말이 좋아 서비스 품질로 승부 보네, 어쩌네 하지만 결국 다 돈이잖아. 우리 사정 다 알고 있는 구 전무면 우리한테는 아주 안 좋은 소식이라고. 아무튼 이 팀장이 한국에서 받는 가격에 나랑 여기 식구들 밥줄이 달려 있다는 거 꼭 알아주고. 구 전무한테는 지지 말자, 우리."

통화를 마친 지후의 머리가 복잡했다. 시장 가격은 올랐는데 FDL은 덤핑을 통해 싸게 팔고 있었다. 이는 결국 서로 피를 흘리는 경쟁을 의미했고, 출혈을 누가 오랫동안 버티느냐의 문제였다. 지후에게는 생각할 시간이 그리 길게 주어지진 않았다. 구원만이 공격적으로 등장했다.

며칠이 채 지나지도 않아 평소 소량 화물로 진행하던 업체부터 시작해 물량이 빠져나갔다. 소량이라 크게 신경 쓰지 않았던 물량이었지만, 이제는 눈에 띌 정도였다. 주력 고객사들의 물량도 점차 감소하기 시작했다.

"나 부장님, 물량 계속 빠집니다. 아니, 이미 많이 빠졌습니다."

다음 날 아침, 사장실이 시끄러웠다.

"나 부장님 심정은 잘 알겠지만, 그건 안 됩니다."

단호한 표정의 이수 앞에서 태섭은 망연자실한 얼굴로 서 있었다.

"그렇다고 이렇게 손 놓고 있을 수는 없습니다. 저희가 그동안 크게 신경 쓰지 않았던 업체들까지도 지금 다 빠져나가고 있어요."

이수는 지금 태섭의 심정이 어떤지 누구보다도 잘 알았다. 치열한 경쟁 속에서 힘들게 얻어낸 거래처의 가치를 누구보다도 잘 알고 있었다. 하지만 경영자로서 회사를 운영하며 장기적인 손실을 감수하는 것은 또 다른 문제였다. 태섭이 요청한 마이너스 감수는 너무나도 큰 부담이었다. 적은 물량에 한정된 손실은 감수할 수 있지만, 이번 경우는 감당할 수 없는 수준이었다. 마음은 안타까웠지만, 어쩔 도리가 없었다.

"지후, 커피 한잔할 시간 있나?"

기운 없는 목소리로 태섭이 사장실에서 나오자마자 지후를 찾았다. 두 사람은 사무실을 나섰고, 이를 본 성찬도 뒤따라 나왔다.

"커피는 내가 살게요."

그 역시도 이번 사태를 강 건너 불구경할 처지가 아니었다.

∎∎∎∎

"FDL에 구원만 전무가 있다고 합니다."

"뭐라고?"

지후의 말에 두 사람은 동시에 깜짝 놀라며 소리를 질렀다. 놀란 기색이 역력했지만, 곧 모든 상황이 이해된다는 표정을 지었다. 여전히 해결책은 오리무중이었다.

"그래서 이 상황을 해결할 방법이 전혀 없는 거야?"

답답함에 성찬이 아이스 아메리카노를 벌컥벌컥 마시며 지후에게 재촉했다.

"아무리 생각해 봐도 달리 방법이 없어요. 공항에 가봐야 할 것 같습니다. 자유무역지구를 훑어보면서 새로운 방법을 생각해 봐야 할 것 같아요."

"현장에서 먹잇감을 직접 찾아보자?"

지후는 주변을 경계하며 두 사람에게 얼굴을 가까이 대고 작은 목소리로 말했다.

"부장님 두 분이 화물을 많이 보셨으니까, 공항에 가서 들어오는 화물들을 보면 대략적인 특징이 보이실 겁니다. 우리에게 필요한 건 볼륨이 큰 화물입니다. 아주 큰 하이 (High) 볼륨 화물이요."

"볼륨 짐만 찾으면 되는 건가?"

지후는 고개를 저었다. 지금 진행하는 태섭의 화물은 볼륨보다 중량이 훨씬 더 많이 나가는 화물이었기에 우선 볼륨이 매우 많이 나가는 하이 볼륨 화물을 찾아 두 화물을 섞어 볼륨 및 중량을 상쇄할 계획이었다. 하지만 그걸로 끝이 아니라 그 화물을 섞어 줄 혼재사가 필요했다. KOR 인터 화물만으로는 상쇄 작업을 하기에 충분하지 않았기에 원하는 결과를 얻기 위해서는 더 많은 화물이 필요했다.

"우선 공항부터 돌아보시죠."

## 25화. 진흙탕 싸움

 막상 공항 자유무역지역에 도착해 공항 사무소 앞에 주차했지만, 어디서부터 어떻게 시작해야 할지 막연한 기분은 여전했다. 공항으로 들어오는 화물이 자기 목적지를 알려주는 것도 아니고, 그렇다고 무작정 창고에 들어가 화물을 확인할 수도 없는 노릇이었다. 마치 도둑처럼 몰래 라벨을 보거나 화물에 붙어 있는 서류들을 훔쳐보듯 찾아야만 했다.
 "우리 이래도 되는 거 맞아요? 난 너무 불안한데요."
 얼떨결에 따라 나온 숙현이 상도에 어긋나는 게 아니냐며 불안감을 내비쳤다. 그러나 성찬과 태섭에게 그 말은 전혀 귀에 들어오지 않았다.

"진흙탕 싸움이 시작된 거죠. 우리가 이렇게 안 한다고 해서 다른 곳에서 안 하는 건 아니에요. 오히려 우리가 늦은 거죠."

지후가 단호하게 말하자 성찬이 말을 보탰다.

"시내에서 업체 찾아가서 영업하는 거나, 여기서 화물 찾아내는 거나 똑같아. 어차피 화주들은 정해져 있고, 우리는 그 안에서 전쟁처럼 땅따먹기하는 거니까."

그 말에 숙현도 고개를 끄덕이며 수긍했다. 그들은 차에서 내려 공항 사무소 창고로 들어갔다. 정수가 나와 그들을 맞이했다.

"천 소장은 또 어디 갔어?"

천 소장이 보이지 않자, 성찬이 목소리에 힘을 주며 물었다. 정수가 손을 저으며 대답했다.

"항공사 반입 업무 갔어요. 구 전무 나가고 나서는 그냥 조용히 일만 해요. 덕분에 저희도 한숨 돌리고요. 이제 딱히 부딪힐 일은 없어요."

원만은 떠났지만, 용복은 여전히 회사에 남아 있었다. 심각한 잘못이 없었고, 공항에 일손이 부족해 새로운 사람을 구하기 힘들었기 때문이었다. 다만 공항사무소 직원들은 그가 갈 곳이 생기면 언제든 퇴사할 수 있는 상황을 염

두에 두고 있었다.

"요즘 하노이로 나가는 볼륨 화물 큰 거 본 적 없어?"

긴말하지 않는 성찬의 성격대로, 그는 곧바로 본론으로 들어갔다.

"하노이로 나가는 큰 볼륨 짐이면 유명한 곳이 세 군데 있죠."

정수의 말에 두 부장의 눈이 번쩍였다.

"그중에서도 가장 큰 화물은 케이즈넷이에요. 아마 곧 옆 창고로 들어올 겁니다. 그런데 이 짐, 까다롭기로 유명해요. 가격도 매우 싸고요. 저쪽 직원들도 힘은 많이 들고 남는 건 없다며 늘 투덜거려요."

"공항에서 마진 걱정을 왜 해. 반입만 잘 잡고 사고만 안 치면 되지."

성찬은 창고 쪽을 바라보며 흥미롭게 말했다.

잠시 뒤, 옆 창고 앞에 트럭들이 줄을 지어 들어오기 시작했다. 적재함이 열리자, 창고 직원들이 손으로 커다란 상자들을 옮기기 시작했다.

"상자가 꽤 커 보이는데 손으로 그냥 옮기네?"

성찬이 놀라자, 정수가 대답했다.

"그러니까요. 무겁지도 않고 지게차로 들어서 나르기에

는 크기만 크니까 차라리 손으로 작업하는 게 더 빠르죠."

"저 짐이 다 하노이로 가는 화물이라 이거지."

두 부장의 심장이 두근거리기 시작했다. 그 순간, 태섭이 격앙된 목소리로 갑자기 말했다.

"아, 생각났다! 채이수 사장님 영업사원일 때 여기 업체였어."

성찬과 태섭은 서로 마주 보며 얼굴에 화색이 돌았다.

그날 저녁, 곽원의 맞은편에 앉은 지후가 생글생글 웃으며 앉아 있었다.

"아, 얘가 이렇게 웃으면 불안한데. 웃지 마, 정들어."

곽원이 짐짓 불안하다는 듯 말했지만, 지후는 차근차근 그간의 상황을 설명하고 앞으로의 계획을 이야기했다.

"하이 볼륨을 넣어줄 테니, 우리 짐과 섞어서 1,000원을 맞춰 달라? 그리고 그 짐이 케이즈넷 화물이고?"

격하게 고개를 끄덕이는 지후를 바라보며 곽원이 얼굴을 일그러뜨렸다.

"네가 아주 나를 통으로 벗겨 먹으려고 작정했구나?"

지후는 일부러 추가로 더 있는 중량 화물 이야기는 하지 않았다. 처음부터 가지고 있는 패를 모두 보여줄 필요는 없었다. 케이즈넷의 화물은 혼재사라면 누구나 탐낼 만한 매력적인 화물이었고, 그것만으로도 충분히 곽원의 관심을 끌 만했다.

"지후, 네가 케이즈넷 물량 가져오면 1,000원 줄게. 대신!"

FDL이 시장에 뿌리고 다니는 가격은 1,200원. 서영항공으로부터 1,000원을 받으면 FDL보다 싸게 팔면서도 이윤까지 남길 수 있었다.

"지후 네 씹톤 짐, 전부 다 나한테 넣어!"

"여부가 있겠습니까, 형님!"

숨겨두었던 패, 태섭의 화물이 이제야 테이블 위에 올라왔다. 이 자리가 마련된 실질적인 이유였다. 태섭의 화물까지 1,000원을 받아내는 것. 굳이 지후가 말을 꺼내지 않아도 서영항공 입장에서는 그 짐 또한 필요했다.

"케이즈넷 꼭 가져와야 한다!"

그날 두 사람은 더 이상 업무 이야기는 하지 않고 술잔을 주고받았다.

다음 날부터 영업부의 움직임은 분주했다. 우선 가격이라는 막강한 무기를 장착했다. 곧바로 그 무기를 사용할 시간이었다. 지후는 안산, 시흥, 인천 남동구의 공단을 돌며 가격을 홍보하기 시작했다. 예상대로 가격에 민감했던 대부분의 업체가 빠르게 반응했다. 하나둘씩 문의가 늘어났다.

"이 가격으로 당일 바로 선적 가능한가요? 저희 물건은 전량 무조건 당일 선적돼야 해요."

"직항 맞죠? 경유하면 일정이 늦어져서 곤란합니다."

"오프로드 발생하면 전량 핸드캐리 하셔야 할 겁니다."

"저희는 무조건 국적 항공사만 써야 해요. 회사 방침이 그렇거든요."

업체마다 요구 사항이 제각각이었고 으름장을 놓는 업체도 있었지만, 문제 될 것은 하나도 없었다. 이미 국내 혼재사 중 가장 많은 스페이스 할당량을 받는 서영항공이었고, 곽원은 물량 증가를 대비해 항공사에 추가 스페이스 확보까지 완료한 상태였다. 고객들의 요구 조건을 충족시켜 주자 테스트 물량 이후로도 꾸준한 거래가 이어졌다.

"물량 늘어나는 건 좋은데, 케이즈넷 언제 들어와? 어? 지금 이거 다 우리한테는 마이너스야. 가뜩이나 항공사에서 가격 올려서 짜증 나는데, 빨리빨리 일 좀 하자!"

곽원이 지후를 다그쳤다. 물량이 눈에 띄게 늘어난 건 고무적이었으나, 정작 중요한 케이즈넷 물량은 아직 들어오지 않고 있었다. 케이즈넷의 물건이 들어와야 비로소 이윤이 발생하는데 그 과정이 더디니 곽원은 초조할 수밖에 없었다. 전적으로 지후를 믿고 추진했던 일이었다.

"물밑 작업 중이니 조금만 기다려 주세요. 곧 들어갈 겁니다."

"지후 네 모가지는 내가 쥐고 있다는 걸 꼭 기억해야 할 거야! 확 따버리기 전에 잘하자!"

며칠 뒤, 공항 창고 앞으로 11톤 트럭 한 대가 도착했다. 공항에 미리 도착해 있던 이수와 태섭은 트럭이 들어오는 순간 가슴이 뛰기 시작했다. 두 사람은 서로를 마주 보며 헛웃음을 지었다. 이수는 그간의 모든 인맥과 경험을 동원해 케이즈넷과의 미팅을 주선했다. KOR인터 입장에서는 서영항공과는 다르게 케이즈넷 물량 자체로는 큰 이익을 보지 못할 가능성이 컸지만, 그로 인해 얻을 수 있는 효과가 더욱 컸기에 과감한 결정을 내리기로 했다.

"나 부장님, 술은 잘하시죠?"

태섭은 이수의 물음에 눈을 동그랗게 뜨고 바라만 봤다.

"케이즈넷 사람들이랑 어렵게 저녁 자리를 마련했어요…"

기쁜 소식을 전하면서도 이수는 말을 흐렸다.

"그쪽 담당자가 내가 만나본 사람 중에 제일 말술이에

요…"

또 한 번 말끝을 흐리던 이수의 표정에는 불안감이 가득했다. 태섭은 침을 꼴깍 삼켰다.

"내가 왜 케이즈넷과 거래가 끊어졌는지 아세요?"

이수는 잠시 과거를 회상하는 듯한 아련한 표정을 지었다.

■■■■

이수가 KOR인터에서 차장으로 영업부에서 일하던 시절이었다.

"아니, 그렇다고 정말 거래를 그만하시겠다고 하시면 어떻게 합니까?"

이수는 거의 울 것 같은 얼굴로 전화를 붙들고 있었다. 전날 마신 술로 숙취가 심해 속은 쓰리고 머리는 깨질 듯 아팠다. 그런 상태에서 설상가상으로 케이즈넷 담당자로부터 거래 중단 통보까지 받았으니, 그 고통은 이루 말할 수 없었다.

전날 저녁, 케이즈넷 직원들과 KOR인터 직원들은 함께 술자리를 가졌다. 분위기는 화기애애했고, 술잔은 계속해서 돌아갔다. 어느새 이수와 KOR인터 직원들의 얼굴엔 취기가 올라 벌게졌다.

"듣던 대로 술을 정말 잘 드시는 것 같습니다."

"차장님, 벌써 취하시면 곤란합니다. 저희는 이제 시작인걸요."

케이즈넷 담당 과장이 눈에 빛을 내며 웃으며 말했다. 함께 술을 마셨지만, 케이즈넷 직원들의 얼굴에는 취기조차 없었다. 마치 KOR인터 사람들이 먼저 1차, 2차 마시고 만취된 자리에 케이즈넷 직원들이 느지막이 합류한 모습이었다.

"저희는 술자리 분위기를 맞춰주지 못하는 업체와는 거래하지 않습니다. 그게 우리 회사 전통이자 사장님의 철학입니다."

케이즈넷 담당 과장의 말에 이수는 긴장하며 한 잔을 더 권했다.

"당연한 말씀입니다. 한 잔 더 받으시죠."

그러나 그 순간, 쿵 하는 소리와 함께 KOR인터 직원 중 한 명이 테이블에 고개를 떨어뜨리며 머리를 부딪쳤다. 그 모습을 보자 케이즈넷 측은 매우 곤란하다는 표정을 지었다.

"많이 피곤하신가 보네요."

이수는 얼른 변명했다.

"아, 네… 요즘 야근이 많아서요."

그는 급하게 쓰러진 직원을 흔들어 깨웠지만, 이미 술자리 분위기는 차갑게 식었다. 케이즈넷 직원들은 하나둘씩 술잔을 내려놓고 자리를 떠나기 시작했다.

"여기까지만 하시고 그만 들어가서 쉬시죠. 저희도 요즘 피곤해서요."

담당 과장을 필두로 케이즈넷 직원들은 더 이상 미련 없이 자리를 떴다. 이수는 그들을 붙잡고 싶었지만, 이미 술에 취해 말조차 제대로 할 수 없었다. 어렵사리 그들을 배웅한 후, 자신은 화장실로 뛰어가 마신 술을 토해냈다. 그리고 다음 날, 거래 중단 통보를 받은 이수는 절망했다. 그날 이후 이수는 본인의 생존을 위해 케이즈넷에 대한 영업의 마음을 완전히 접었다.

■■■■

하지만 지금, 그때의 담당 과장. 이제는 부장이 된 그 사람과 다시 담판을 지으러 가고 있었다.

"취하면 죽는다."

성찬은 이를 악물고 다짐했다. 그의 얼굴엔 결연한 의지가 가득했다.

"자, 이거 하나씩 드시고 가시죠."

태섭이 술에 취하지 않게 해주는 약이라며 알약을 하나씩 건넸다. 효과는 불분명했지만, 조금이라도 도움이 되길 바랐다. 이수는 말없이 약을 삼켰다. 그리곤 한숨을 크게 쉬며 약속된 식당으로 걸어 들어갔다. 그 뒤를 성찬, 태섭, 그리고 지후가 따랐다.

몇 시간이 흐르고, 1차를 마친 후 2차, 3차까지 끝냈다. 네 사람은 케이즈넷의 마지막 직원까지 택시에 태워 보낸 뒤 길고 깊은 한숨을 내쉬었다.

"지후, 너 어떻게 그걸 주는 대로 다 받아 마시냐?"

이수가 혀를 차며 말했다. 지후는 차마 대답할 힘도 없어 숨을 몰아쉬다가 결국 화장실로 달려갔다.

"오래 잘 버텼네요. 지후는 내일 오전 쉬게 하시죠."

태섭이 웃으며 말했다.

"그래야겠네요."

이수가 고개를 끄덕였다. 사실 내일이라기보다는 이미 오늘이었다. 몇 시간 후면 다시 회사로 출근 준비를 해야 할 시간이었다.

성찬은 지후를 따라가 그의 등을 두드렸다.

"다 토해버려. 오늘 진짜 고생 많았다."

"한동안 초록색 병은 쳐다보지도 않을 것 같습니다."

지후가 힘겹게 웃으며 대답했다.

"야, 씨… 나도 안 되겠다."

성찬도 지후와 함께 화장실에서 한참을 나오지 못했다. 두 사람은 서로의 등을 두드리며 그날의 고된 술자리를 마무리했다.

## 26화. 페이백

어느 날, 성찬의 책상 위에 놓인 핸드폰이 시끄럽게 울렸다. 발신자를 확인한 성찬의 미간이 구겨졌다.

"너, 이 새끼들 지금 뭐 하는 짓거리야!"

스피커폰으로 받은 것도 아닌데, 상대방의 고함이 다 들렸다. 성찬은 아무 대꾸 없이 상대방의 분노에 찬 외침을 그저 듣고 있었다.

"이 새끼들이 왜 남의 업체 가지고 장난질을 치냐고, 씨발!"

"남의 업체?"

성찬의 눈썹이 꿈틀거렸다. 전화를 건 상대는 다름 아닌 FDL의 최형배였다.

"이보세요, 최형배 씨."

"뭐 인마? 씨?"

FDL 사장이 된 후 한 번도 사장이라는 존칭 없이 이름만 불려본 적이 없던 형배는 성찬이 자신을 그렇게 부르자 적잖이 당황한 기색이었다.

"그래, 너! 최형배 이 개새끼야. 이 바닥에 네 업체, 내 업체가 어디 있어? 능력 있는 놈이 가져가면 그게 임자 아니야? 지킬 능력도 없는 놈이 어디서 까불어! 맨날 뺏기만 하다 뺏기니까 어때? 눈깔이 뒤집어 지지? 너도 한 번 느껴봐! 이런 전화할 시간 있으면 나가서 영업이나 더 해, 이 쓰레기 새끼야."

성찬의 거친 욕설에도 사무실 분위기가 험악해지기는커녕, 오히려 직원들은 속이 시원한 듯한 표정을 지었다. 수화기 너머로 온갖 욕설이 들려왔다. 성찬은 핸드폰을 잠시 귀에서 떼고, 형배가 지쳐 조용해질 때까지 기다렸다. 소리가 잠잠해지자 다시 핸드폰을 들고 말을 이었다.

"구원만 전무, 아니 구원만 씨한테 전하세요. 치사하게 뒤에서 숨어서 괜히 힘 빼지 말라고. 덕분에 아주 좋은 경험 했다고요. 양아치도 아니고, 이게 뭐 하는 겁니까? 나이 먹고 구질구질하게, 박쥐처럼 여기 붙었다 저기 붙었다.

아주 욕지기가 나니까! 똑바로 좀 살라고 전해요. 그리고 최형배 사장, 당신도 그렇게 살지 마요. 이제는 아주 불쌍하기까지 하려 그러네. 쯧쯧."

"네가 언제까지… 이 새끼가 끊어?"

형배가 말을 꺼내기도 전에 성찬은 혀를 차며 전화를 끊어버렸다. 형배는 화가 머리끝까지 나서 속이 부글부글 끓었다. 그리고 멀찍이서 이 상황을 지켜보고 있던 원만을 매섭게 쏘아보았다.

"구 부사장, 이 일을 어떻게 할 거예요? 물량만 다 뺏어 오면 KOR인터에서 설설 기면서 제발 파트너 맺어 달라고 빌 거라면서요! 그렇게 자신만만하게 얘기하더니 지금 이게 뭐냐고요!"

"일을 하다 보면 생각대로 안 될 때도 있지 않겠습니까? 이런 날도 있고, 저런 날도 있는 거죠."

원만은 형배가 자신을 추궁하자 난처하다는 표정을 지으며 대답했다. 형배는 그 태도가 심히 거슬렸다. 얼굴이 시뻘게지며 그가 소리쳤다.

"그래서 이 상황을 해결할 대안이 뭐예요? 있던 짐마저 다 뺏겼는데 이거 어떻게 책임질 거냐고요?"

"이제 생각해 봐야죠. 모든 상황을 예상하고 대비할 순

없잖아요. 그리고 회사 일을 하다가 벌어진 일인데 제가 왜 책임을 져야 하죠? 사장님도 동의하신 일 아닙니까?"

한마디도 지지 않는 말투와 책임을 회피하는 그의 태도에 형배는 더 이상 참지 못하고 폭발했다.

"이봐요, 구원만 씨! 당신 여태까지 이딴 식으로 일했던 거야?"

"아무리 사장이라고 해도, 말은 조심하시죠. 내가 이 업계에서 쌓아온 세월만 해도 최 사장보다 훨씬 길고, 나이도 많은데. 씨가 뭡니까?"

여전히 고개를 곧게 세운 원만의 태도에 형배는 기가 찼다.

"지금 나랑 장난해?"

사무실 분위기는 무겁게 가라앉았고, 형배는 분을 삭이지 못한 채 거칠게 숨을 몰아쉬며 말했다.

"당장, 가서 사표 써서 가지고 와."

"최 사장!"

그제야 놀란 원만이 가늘게 떨리는 목소리로 형배를 불렀지만, 이미 분노에 찬 형배의 기분을 되돌릴 수는 없었다.

"뭐해? 당장 사표 써서 가지고 오라는 말 안 들려? 네 말만 믿고 감수했던 손해, 내가 다 청구할 거니까 고소장 받을 준비나 해!"

"그게 말이 됩니까? 그건 순 억지죠!"

형배는 서랍에서 종이 한 장을 꺼내 원만에게 내밀었다. 그것은 원만의 근로계약서였다. 형배는 계약서상의 한 조항을 손가락으로 톡톡 두드리며 가리켰다.

*본 계약인은 계약인의 유책으로 인하여 본 회사에
금전적인 손해 및 명예를 실추시키는 행위 및 사고가
발생했을 경우 해당 손해 및 사고에 대한 책임을 보장한다.*

계약서 말미에는 원만의 자필 서명이 뚜렷하게 적혀 있었다.

"아무리 그래도 이건 부당한 처사 아닙니까?"

"꼴도 보기 싫으니까 당장 내 눈앞에서 사라지라고. 뭐해? 빨리 사표 써서 올려!"

원만은 더 이상 아무 말도 하지 못한 채 자리를 떴다. 화가 나고 억울했지만, 이곳에 올 때부터 이미 형배가 이런 사람이라는 걸 알고 있었다. 이와 같은 선례가 너무나도 많았기 때문이었다. 다만 자신에게도 이런 일이 일어날 거라고는 예상하지 못했을 뿐이다.

"어디서 써먹지도 못할 놈을 데려와 거둬줬더니 자기가 잘난 줄 알아."

날카로운 말들이 원만의 가슴에 비수처럼 꽂혔지만, 그는 아무 대꾸도 하지 못했다.

오랜 세월 업계에서 몸담아 일해온 구원만, 한때는 박수를 받던 순간들이 있었을 테다. 그러나 그의 욕심과 질투가 그를 눈멀게 했다. 그의 퇴장은 초라했고, 그 누구도 그에게 연민이나 동정을 보내지 않았다. 그 후로, 그가 어디서 무엇을 하고 있는지 아는 사람은 아무도 없었다.

■■■■

여름의 기운이 지나가고 있는 어느 초가을, 잠깐의 여유가 있는 시간에 지후는 서늘한 바람을 맞으며 건물 옥상에 서 있었다. 바람은 한강을 지나 지후의 뺨을 스치고 지나갔다. 멀리 보이는 올림픽대로 위로는 수많은 차가 자신의 길을 따라 쉴 새 없이 달려가고 있었다. 바삐 흘러가는 그 모습은 매일의 일상을 닮아 있었다. 똑같이 반복되는 것 같지만, 그 속에는 수많은 변수와 예상치 못한 문제들이 숨어 있었다. 평온한 나날이 이어지다가도, 어느 순간 예상치 못한 무게가 어깨를 짓누르고, 감당하기 힘든 스트레스가 몰아닥치는 것이 일상이었다.

의욕이 앞서 일을 그르치기도 하고, 인간관계에서 실망하기도 하며, 상사의 꾸짖음과 억지스러운 지시에 주먹을 꽉 쥐는 순간도 많았다. 사직서를 컴퓨터 바탕화면에 올려두고 매일 날짜를 바꾸면서도, 결국에는 그 자리에서 묵묵히 일하고 있는 자신을 발견하곤 했다. 때로는 혼자의 힘으로 해결할 수 없는 벽에 부딪히고 좌절하지만, 예기치 않은 도움으로 다시 일어서는 날도 있다. 나아가는 그 길이 마냥 수월한 평지는 아니다. 급격한 내리막도, 구불구불한 곡선도, 숨이 찰 정도로 가파른 오르막도 있다. 그럼에도 우리도 각자의 자리에서 다시 한번 걸음을 딛는다.

이 길 끝에 무엇이 기다리고 있을지는 그 누구도 알 수 없지만 말이다.

## 작가의 말

어느 가을날, 내가 그토록 따르고 좋아하며 소중히 여겼던 한 사람이 먼 곳으로 떠났습니다. 지금의 나를 있게 해 주고, 이 자리까지 버틸 힘이 되어 주었던 그 사람은 이제 다시는 돌아올 수 없는 먼 길을 떠나버렸습니다. 10년이 넘는 시간 동안, 나는 너무나 받기만 했을 뿐 돌려준 것이 하나도 없었습니다. 그래서인지 그 빈자리는 너무도 컸습니다. 의지했던 것이 많았고, 함께한 추억이 많았기에, 마음속에 난 커다란 구멍은 쉽게 메워지지 않았습니다. 그 구멍에서 자꾸만 감정들이 흘러나왔습니다.

주체할 수 없이 쏟아지는, 끊임없이 오르내리는 기분을 한데 모아 이렇게 글을 써 내려갑니다. 잊고 싶지 않아서,

그리고 이 인연을 그저 인생의 스쳐 지나가는 한 장면으로 남기고 싶지 않아서 말입니다. 우리 사이에는 이미 너무도 진한 흔적이 새겨져 있었고, 그 흔적은 여전히 내게 큰 안타까움으로 남아 있습니다. 마음 깊이 묻어 두었던 기억을 어렵게 꺼내어 펼쳐 봅니다. 함께 기뻐했던 순간들, 함께 좌절했던 시간, 지금도 떠올리기만 하면 가슴이 저리는 그 장면들이 마치 한 장면 한 장면 사진처럼 스쳐 지나갑니다. 그리고 그 마지막, 떠나던 뒷모습을 끝으로 마침표를 찍습니다.

우리가 함께했던, 처절하게 매달리며 울고 웃었던 그 일. 마지막까지 놓지 못했던 그 일. 수출.

대한민국 국가 수익에서 수출은 큰 비중을 차지합니다. 매년 새해가 되면, 항구와 공항에서 수출 화물을 선적하는 모습을 담은 영상이 방송에 나오곤 합니다. 깊은 밤에도 멈추지 않는 대한민국 수출의 현장을 보고 있으면 가슴이 웅장해집니다. 그 모든 과정을 준비하고 진행하며 수출을 가능하게 만드는 사람들, 바로 포워더입니다. 수출의 최일선에서 묵묵히 역할을 다하고 있는 포워더의 세계는 아직 많이 알려지지 않았지만, 그들은 여전히 소리 없는 전쟁터 같은 치열한 경쟁 속에서 살아가고 있습니다.

이익 창출이라는 공통의 목표를 위해 함께 나아가면서도, 그 과정에서 피어나는 시기와 질투는 날카로운 칼날이 되어 가슴에 꽂힙니다. 받아들이기 어려운 불이익을 묵묵히 견디면서도 반론조차 내지 못했던 경험은 이 시대 직장인이라면 누구나 공감할 만한 일이 아닐까 싶습니다. 이 글의 중심이 된 물류라는 단어는 우리에게 친숙하게 느껴지지만, 그 이면에는 우리가 잘 알지 못하는 모습들이 숨어 있습니다. 그 모습 속에서, 모두가 고개를 끄덕일 수 있는 이야기를 풀어내고자 했습니다.

## 편집장의 말

작가님의 원고를 처음 접했을 때가 떠오릅니다. 한밤중에 읽기 시작한 원고는 제 밤을 송두리째 빼앗아 갔습니다. 마치 잘 기획된 드라마를 보는 듯한 기분이었지요. 오피스물은 자칫하면 뻔하고 진부해질 수 있습니다. 그러나 작가님의 실제 경험에서 우러나온 사실적 배경과 사건들은 작품의 완성도와 신선함을 한층 끌어올렸습니다.

유통과 무역은 전문적이고 딱딱한 지식으로만 접하기 쉬운 분야입니다. 포워더의 세계를 이렇게 생생히 그려낸 작품은 드물다고 생각됩니다. 최대한 현장감을 살리기 위해, 현장 용어와 어투를 크게 수정하지 않고 원고에 충실했습니다.

이 작품은 특정 업계를 배경으로 하지만, 우리 모두에게 낯설지 않은 흔한 회사 생활의 단면을 담고 있습니다. 사회 초년생 시절, 저도 세상이 아주 좋아졌다고 생각하며 사내 부정부패나 비리를 과거의 일로만 여겼던 때가 있었습니다. 그러한 믿음이 깨졌을 때의 충격과 실망감은 지금도 선명합니다.

어떤 독자는 이 소설 속 상황과 캐릭터가 지나치게 과장되었다고 느낄 수도 있고, 또 다른 독자는 충분히 현실을 잘 반영했다고 평할 수 있겠지요. 시간이 흐를수록 이 이야기가 지나치다고 여겨지는 독자분들이 많아지는 날이 오기를 바랍니다.

세상에는 수많은 이야기가 태어나고 있습니다. 편집자이자 소설을 쓰는 한 사람으로서 저 역시 공상적인 이야기를 쓰는 것을 좋아합니다. 하지만 이렇게 현실에 뿌리를 둔 작품을 만나면 그 무게감에 외면하기 어렵습니다.

작가는 에세이로도 풀어낼 수 있었을 이야기를 왜 소설로 풀었을까 생각해 봅니다. 현실을 있는 그대로 담아내면 지나치게 무겁게 느껴질 것을 염려했을까요? 아니면 단순한 이야기로 치부되더라도 독자의 마음속에 오래도록 남을 소설의 힘을 믿었던 걸까요?

그 이유가 무엇이든, 이 작품은 결국 우리 마음속 어느 한 편에 자리 잡을 것입니다. 이러한 우리네 이야기가 더 자주 우리 곁에 찾아오기를 바랍니다.

## 포워더

**지은이** 이호연
**펴낸이** 김대겸
**편 집** 김대겸

**발행처** 책방앗간
**등 록** 2023년 6월 21일 제2023-000001호
**주 소** 전북특별자치도 군산시 동국사길 4
**홈페이지** bookmill.co.kr
**전자우편** bookmill@kakao.com

**ISBN** 979-11-984554-1-3 (03810)

**초판 1쇄 발행** 2025년 2월 17일

이 책의 전부 또는 일부 내용을 재사용하려면 반드시
사전에 저작권자와 출판사의 동의를 받아야 합니다.

ⓒ 이호연, 2025